LA DEMOISELLE DES TIC-TAC

Née en 1970 à Nancy, Nathalie Hug a publié depuis 2006 plusieurs thrillers avec son mari Jérôme Camut. Après *L'Enfant-rien*, publié en 2011 chez Calmann-Lévy, elle signe son deuxième roman en solo, *La Demoiselle des tic-tac.*

Paru dans Le Livre de Poche :

L'ENFANT-RIEN

NATHALIE HUG

La Demoiselle des tic-tac

ROMAN

CALMANN-LÉVY

ISBN : 978-2-253-17497-4 – 1re publication LGF

À Edy, mon merveilleux grand-père,
plus de vingt ans que tu es parti.
Un jour c'est sûr, je te retrouverai
au 32, rue du Soleil, s'il reste un jardin…

« Il y a vingt-deux ans, la Lorraine a été arrachée à l'Allemagne démembrée. Des hommes étrangers devinrent les maîtres du pays volé. [...] Les Français et les Anglais se figuraient que cela devait toujours être ainsi dans un pays qui est pourtant terre allemande. »

Extraits du livre pour les écoliers
Marsch nach Deutschland
(« En avant vers l'Allemagne »).

1

Mutti m'ordonne de fourrer tout ce que je peux dans ma musette, les trognons de pommes abandonnés, des rutabagas moisis, recouverts de sable, des lambeaux de tissu, des morceaux de bois. De son côté, elle remplit les poches de son tablier avec des feuilles de poireaux et des pommes de terre pourries. Quand elle attrape ma main, nos paumes sont ruisselantes de peur. Viens, Rosy, me dit-elle. Viens vite.

Les cloches de l'église sonnent le tocsin ; si je ne cours pas de toutes mes forces maintenant, jamais plus je ne pourrai courir.

Je trébuche au milieu de jambes affolées, des jambes qui savent ce que je sais, il faut courir ou périr, et je m'affale de tout mon long. Ma mère me soulève, son bras sous mes aisselles, elle me sauve de tous ces corps prêts à me piétiner, pourvu qu'ils parviennent jusqu'à l'abri ; nous voulons tous y parvenir.

Des gens que je connais et d'autres que je ne connais pas se bousculent, fracassent les maigres étals, remplissent leurs mains, engloutissent des légumes gâtés et gobent des œufs comme si ça pouvait les empêcher de mourir. Lorsque les bombardiers noircissent le ciel, avoir le ventre plein ne sert à rien. Ce qu'il faut, c'est être sous terre.

Il ne nous reste qu'une vingtaine de mètres à parcourir quand les premiers obus sifflent autour de nous et s'écrasent dans un vacarme assourdissant. De hautes flammes s'élèvent, les maisons tremblent les unes contre les autres en grondant, certaines sont pulvérisées comme de vulgaires jouets, d'autres avalées par un nuage opaque qui se rue sur nous.

Enfin, l'abri est là, à portée de pas. Un soulagement ravageur enfle nos poitrines, nous jetant presque à terre. Mais alors que nous franchissons les derniers mètres, des silhouettes s'interposent, condamnant le seul passage vers le salut, et notre course s'achève aux pieds de trois hommes au visage sévère.

Nous nous redressons, à bout de souffle. Mon regard s'accroche aux épaules de Mutti, puis à ses traits. Ses yeux brillent d'un drôle d'éclat, elle se raidit, lisse son tablier et arrange ses cheveux. J'entends sa voix, elle supplie ces inconnus de m'emmener avec eux, après tout, je ne suis qu'une môme. Elle est déterminée, même si elle n'a rien à offrir, même si moi, je ne suis pas de son avis. Mais l'abri engloutit les derniers bienheureux et la lourde porte nous rejette sur le trottoir.

Ses doigts crispés sur mon bras, Mutti halète en scrutant les rues désertes, les papiers qui virevoltent dans la fumée noire, les silhouettes fugitives, les volets claqués à la hâte. Mes oreilles s'emplissent de ses sanglots, du gémissement des flammes, du grincement des charpentes et du vacarme des briques qui éclatent sous la chaleur des brasiers. Ma mère et les maisons alentour geignent à l'unisson et leur plainte me tétanise.

Prisonnières de la folie ambiante, nous nous recroquevillons l'une sur l'autre, nous nous lovons contre cette porte qui nous a vomies. Je sens le cœur de Mutti cogner contre ma joue, ses doigts refermés sur mon bras meurtrissent ma chair, mais ce n'est rien en comparaison des mots que ces hommes nous ont crachés à la figure : nous sommes deux sales boches, tout juste bonnes à crever.

Quand les avions se taisent enfin, abandonnant derrière eux un ciel gris de cendres, nous quittons notre refuge pour longer les façades jusqu'à chez nous. Fantômes parmi les fantômes, nous rasons les murs fumants d'un quartier que nous peinons à reconnaître.

La quincaillerie de M. Colson, notre bailleur, n'est plus qu'une ruine, et tout le côté pair de la rue ressemble à un château de cartes balayé par le vent. Çà et là subsistent des taches de couleur, les pétales des roses écrasées, un pot de fleurs brisé d'où jaillissent des asters, un vélo jaune abandonné.

Il règne un silence étrange autour des maisons et derrière chaque vitre noircie, des ombres malveillantes semblent nous suivre du regard.

Mutti presse le pas, m'entraînant derrière elle. Nous louvoyons entre les cratères et les gravats, j'enjambe un bras arraché, je lâche la main de ma mère, je fixe ce bras, gris et écarlate, ses doigts crispés sur l'étoffe brûlée d'un uniforme allemand, cet or qui brille à son annulaire.

Il manque le reste du mort, au bout.

J'avance d'un pas en songeant aux misères que je faisais subir à ma poupée Lila, puis je m'interroge. Où sont passés les autres morceaux ?

Quand nous arrivons au sommet de la rue du Soleil, les jambes tremblantes et le cœur au bord des lèvres, je trébuche sur le corps d'un enfant. Sa tête et le haut de son tronc rabougris par le feu font un drôle d'angle avec ses jambes. Ses doigts entourent un petit sac en tissu d'où s'échappe une poignée de galets.

Andy.

Une main glaciale me broie le cœur. Mutti m'attire vers elle, je résiste, je hurle que je veux dire au revoir à mon ami, ma mère me serre contre elle, crie que ce n'est pas lui, mes jambes se dérobent, je crie à mon tour qu'elle arrête de mentir ; je ne crains pas les morts, je veux juste ramasser la bourse aux cailloux. En souvenir d'Andy.

Sans lâcher ma main, Mutti promet de la récupérer plus tard, ouvre la porte de la maison d'un coup d'épaule, retient le vantail du coude pour que j'entre à mon tour, puis elle bifurque vers la gauche et m'entraîne dans la cage d'escalier.

2

Ma mère et moi nous sommes installées à la cave le 26 août 1944. Quand il s'est raconté que Paris était libéré et que les Américains allaient écraser Hitler, ma grand-mère – surnommée Oma Chouchou sans qu'on sache pourquoi – a décrété qu'il n'était plus de bon ton d'héberger des boches, même si elles faisaient partie de la famille. Tout juste accepterait-elle de les cacher à la cave, à condition qu'elles ne sortent que la nuit.

En dehors de mon ami Andy et du propriétaire, mis dans la confidence, nul dans le quartier ne s'est soucié de nous. Tout le monde disait qu'il était temps pour les fritz de retourner chez eux.

Vivre à la cave, au début, c'était l'aventure, un déménagement de plus, une nouvelle vie. À présent, je n'ai qu'une hâte : que M. Hitler gagne enfin la guerre pour que nous sortions de ce trou. Les Américains pilonnent la région sans répit et les jours, les semaines défilent. L'été est passé, l'automne s'installe, novembre arrive, et nous nous terrons toujours.

Aux coliques qui nous laissaient en nage le mois dernier succèdent des nausées et de violentes migraines. La grippe s'est frayé un chemin jusqu'à nous. C'est la faute à la rivière maudite, affirme Mutti, c'est mauvais pour la santé quand l'eau coule sous une maison. À la fonte des neiges ou après un orage, la source ferrugineuse qui jaillit en amont se transforme en torrent et change le sol en nappe de boue. Pourtant, ces inondations ne sont pas seules responsables de nos maux. Il fait de plus en plus froid, et depuis que les combats font rage au-dessus de nos têtes, il est dangereux de s'aventurer dans le village pour trouver de la nourriture.

Afin de nous garder au sec, ma mère a disposé les extrémités de lames de chêne, arrachées au grenier, sur des briques alignées le long des murs. Mais ce plancher instable ne couvre pas toute la surface de la cave.

Patauger n'est pas ce qui m'inquiète le plus, avec l'hiver, le sol a durci presque partout. Marcher sur les planches disjointes, m'asseoir, m'allonger sur elles, *ça*, c'est angoissant, car j'imagine sans peine toutes les bestioles qui grouillent en dessous : les bruyants aux pattes griffues, les rats et les loirs, et les silencieuses, les tic-tac avec leurs toiles qui collent aux doigts.

Les araignées les plus écœurantes ne sont ni les plus noires ni les plus velues, celles-là, je ne les vois guère, elles détestent la compagnie des hommes et elles s'aventurent rarement près de nous. Mais les tic-tac, ces *choses* avec un corps en deux parties et de longues pattes fines, celles qui s'invitent dans les recoins, près de notre couchette, entre les bocaux ou derrière mes livres, celles qui deviennent des squelettes blancs avec des boules sur les pattes ; celles-ci me dégoûtent.

Ma mère a fabriqué des caissons surélevés où elle a installé nos couchettes, elle a aménagé des étagères au-dessus, cependant, je ne peux récupérer mes cahiers ou mes jouets sans en croiser une. Alors, pour farfouiller dans les endroits les plus sombres, leur cachette préférée, à ces vilaines tic-tac, j'enveloppe mes mains dans un linge et ça fait rire Mutti.

Quand les premières bombes se sont abattues sur la gare, j'ai d'abord songé que nous allions mourir, puis j'ai prié pour que la Wehrmacht chasse les *Amis* [1] au plus vite. De son côté, Mutti était sereine. Elle m'assurait qu'il ne s'agissait que de propagande et qu'Hitler allait offrir à ses ennemis un magnifique bouquet final. Aujourd'hui, même si ces derniers peinent à repousser l'armée de notre Führer, la victoire est incertaine. Dans le village, il se murmure que ces bombes vont nous pulvériser, nous, les fritz, et que nous ferions mieux de déguerpir avant d'être jetées en prison.

Comme j'aimerais être détestable, mesquine ou, pire, complètement folle, comme Oma Chouchou ! Ainsi, j'aurais toutes les excuses pour arracher les yeux de ces salopards de Français. Mais j'ai reçu une

1. Surnom donné aux Américains par les Allemands. (En allemand, « Américain » se dit « Amerikaner » ; *Amis* est la contraction de ce mot et se prononce « amiss ».)

excellente éducation, d'abord chez les sœurs puis aux *Jungmädel* et à la BDM [1], où nous avons appris à garder la tête haute en toutes circonstances.

Je déteste baisser les yeux devant quiconque, même lorsqu'il s'agit de la directrice de l'école, du bourgmestre ou du curé, mais Mutti y tient – ne les regarde pas comme ça, Rosy ! Tu ne voudrais pas nous attirer les ennuis ! Alors je m'exécute, la rage au ventre.

Il n'en reste pas moins que les Français ont la mémoire courte et qu'ils nous montrent bien de l'hypocrisie. Depuis 1940, tous sont considérés comme des nôtres, ils font partie de l'Allemagne, ils sont l'Allemagne, et s'ils ne nous ont jamais appréciés, leur apparente indifférence nous convenait.

À présent que les *Amis* viennent à leur rescousse, cette indifférence se mue en haine, pourtant, Mutti et moi, nous n'avons pas changé.

Sale putain, rentre chez toi ! Et toi, la Gretchen, va lécher les bottes d'Hitler ! La Gretchen, c'est moi.

Cette haine qu'ils portent en eux me terrorise. La nuit, le jour, seule ou au milieu des gens, au village ou à la maison, nulle part je ne me sens à l'abri.

Il n'y a qu'à la cave que je respire. Pendant les bombardements, les murs vibrent, la porte et les poutres craquent, mais mon pupitre est installé loin des murs, loin des gens.

---

1. *Bund Deutscher Mädel*, équivalent des Jeunesses hitlériennes pour les filles de 14 à 18 ans. Pour les filles de 10 à 14 ans, ce sont les *Jungmädel*, autre branche féminine des *Hitlerjugend*, toutes deux obligatoires à partir de 1941 en zone annexée.

J'aime m'y attabler à la lueur des chandelles chapardées à l'église, quand l'électricité est coupée, ce qui arrive souvent ces jours derniers. Ici, je peux rédiger mes devoirs. Bien qu'il n'y ait plus classe, Mutti tient à ce que je m'exerce au calcul mental et à la grammaire, elle est convaincue que je serai une excellente secrétaire, comme Traudl Junge ; moi aussi, je travaillerai pour le Führer.

La plupart du temps, je la laisse divaguer, car il est vain de contredire ma mère. Mes protestations la mettent dans une telle colère que tous les malheurs du monde fondent sur ma tête. Nous avons assez des bombes…

Si d'aventure je tente de la convaincre que pour être écrivain, nul besoin de connaître l'arithmétique par cœur, elle me gifle et m'enferme dans l'abri à bois au fond du jardin, avec une bougie et *Mein Kampf* pour toute distraction. Je trouve ce livre si barbant que lorsque, enfin, Mutti me libère, je ne lui adresse plus la parole pendant des jours.

3

Mes parents se sont rencontrés dans une pharmacie de Ludwigshafen le 24 décembre 1920. Laborantine, Mutti fabriquait des pommades pour la peau et des onguents en tous genres qu'un violoniste renommé, un certain Peter, commandait chaque mois pour sa mère. Mais comme Mutti se présentait rarement au comptoir, il ne l'avait jamais vue. Jusqu'au jour où elle a dû remplacer le docteur Hoheisel, son patron, parti fêter Noël dans sa famille.

Le soir du réveillon, ma mère dînait en ville et assistait à un récital de violon. Trois mois plus tard, elle disait oui à son beau musicien. Je suis née dix ans après.

Mutti disait de Peter qu'il jouait du violon comme un Tzigane, que c'était un ensorceleur et qu'il savait nous envoûter d'un coup d'archet. J'ai oublié ses traits mais je me souviens de la magie des notes qu'il arrachait à son violon quand il répétait, le soir, dans la cuisine.

Sans lui, Mutti était seule au monde. Ses parents étaient morts depuis longtemps – son père sur le front russe, sa mère d'une mauvaise suite de couches – et ses frères, admis à la *Schutzstaffel* (SS) en 1929, donnaient peu de nouvelles. Quand Peter a demandé le divorce au début de l'année 1937 parce qu'il en aimait une autre, Mutti a pleuré durant des jours – ensuite, elle n'a plus jamais pleuré.

Un matin, je l'ai vue remplir des valises avec les chaussures, les vêtements et les bijoux que Peter lui avait offerts. Elle a raflé les bibelots et les photos, tous les objets qui pouvaient la rattacher à lui. Ce qu'elle ne pouvait soulever, Mutti l'a brisé à coups de hache, leur grand lit, la table et les chaises de la cuisine, le vaisselier d'Oma Chouchou, elle a lacéré les tableaux et s'est débarrassée des rideaux. Même les paquets de gâteaux au beurre « faits maison » que Peter m'avait rapportés de sa tournée ont été jetés dans la poubelle. Mais je les ai repêchés au milieu des ordures, et je les ai dévorés en cachette, accroupie derrière la porte d'entrée, tandis que ma mère faisait des allers-retours entre l'appartement et le trottoir, les bras chargés de ce dont elle ne voulait plus.

Le soir même, nous avons mangé, assises sur le divan, alors que sous nos fenêtres s'activaient des femmes, des hommes et des enfants, jaillis de nulle part. Mutti les observait emporter toute une partie de notre vie avec une inquiétante indifférence. Qu'ils en profitent, les romanichels, a-t-elle murmuré en se resservant une part de flan, bientôt, notre Führer s'occupera d'eux.

La pension alimentaire versée par Peter se révélant trop maigre pour payer les factures, Mutti a tenté de reprendre sa place à la pharmacie, qu'elle avait quittée pour m'élever. En vain. Car, s'il n'était pas d'usage pour les mères allemandes de travailler en dehors de leur foyer, il était bien pire d'être divorcée. Les gens disaient que c'était inconvenant, qu'une telle femme était regardée de travers, et qu'il valait mieux qu'elle s'enterre quelque part. Aujourd'hui encore, il me coûte de l'avouer, mais ils n'avaient pas tort.

Lorsque nous sommes arrivées en France, Mutti a dû me présenter au pensionnat comme orpheline de père, ce qui m'obligeait à mentir à tout le monde, même à Dieu.

Le problème n'était pas tant le divorce de mes parents que le fait que Peter nous avait abandonnées pour vivre avec une négresse, mère de six enfants de six pères différents. Lorsqu'on est une bonne Allemande, être quittée pour une négresse, c'est impardonnable.

À l'arrivée de M. Hitler au pouvoir, Peter a fui l'Allemagne. Ton père est sûrement heureux là où il est, disait Mutti, et je songeais qu'il était heureux comme un prince dans un conte de fées, avec beaucoup d'enfants.

Si ma mère maudissait Peter jour après jour, je me réjouissais qu'il aille bien, mais je n'ai jamais regretté que sa musique. Il m'avait délaissée, j'ai tout fait pour l'oublier. La photo où il m'étreint, avant d'enfourcher son vélomoteur pour donner son concert de violon, est le seul témoin de notre lien.

Peter n'a pas tenté de me revoir, il n'a jamais écrit, il est consigné quelque part qu'il est mon père, mais certainement ni dans mon cœur ni dans le sien.

Le frère aîné de Peter, Edouard (surnommé Edy), habitait chez sa mère depuis le jour où Dieu avait fait de lui un père comblé et un veuf accablé. Sa femme Silke était morte en mettant ma cousine Anne-mie au monde, ce qui, paraît-il, avait ravi Oma Chouchou ; elle n'aurait pas à demander la permission de sa salope de bru, d'origine allemande, pour élever sa petite-fille comme bon lui semblerait.

La perte de sa nationalité française avec l'annexion de 1871 avait anéanti ma grand-mère et depuis, elle vouait une haine féroce à tous les Allemands. Mais elle refusait de quitter le département de la Moselle et, plus encore, sa maison, persuadée que le fantôme d'Opa Edmond, son défunt époux, y avait élu domicile pour l'éternité. Oma Chouchou conversait en secret avec les forces invisibles, et à ceux qui la qualifiaient de sorcière, elle répondait avec dédain : Fous ne safez rien de la machie…

Quand on est né lorrain, comme nous, il est parfois bien compliqué d'expliquer qui on est et d'où on vient. C'était ainsi qu'Oncle Edy commençait l'histoire, quand il évoquait son cadet et leur séparation. Nés à un an d'intervalle, mon père et lui étaient proches, bien que dotés de caractères différents. Oncle Edy était pragmatique, tourné vers le travail,

Peter était artiste. Son plus grand rêve était de jouer Richard Strauss à Berlin. Leurs chemins se sont définitivement séparés en 1919, quand Peter, refusant la réintégration, a quitté la France et endossé la nationalité allemande, au grand désespoir de ma grand-mère.

Je comprenais l'inclinaison de Peter pour la culture germanique, j'admettais également qu'Edy, allemand malgré lui pendant la Grande Guerre, se range à l'avis de sa mère, lorraine mais française avant tout. À la maison, Oma Chouchou cuisinait français, parlait français – alors qu'elle était parfaitement bilingue, comme beaucoup dans la région –, apprenait à lire en français à ses fils quand chaque jour, ils fréquentaient une école allemande dans un village allemand. Cependant, l'idée que des frères, nés au même endroit, deviennent ennemis à cause de la guerre me dépassait.

Si mon père n'avait pas été fasciné par l'Allemagne, s'il avait accepté de s'installer en France, il n'aurait jamais rencontré ma mère et je n'existerais pas.

Si, en revanche, Oncle Edy était devenu allemand, probablement se serait-il épris de Mutti, j'aurais une autre apparence, mais il serait mon père, et nous habiterions ensemble. Au lieu de se battre à la guerre, il s'occuperait de la comptabilité de M. Hitler. Aurions-nous vécu plus heureux ?

J'ai beau inventer des histoires, je n'envisage ma vie ni avec ce père dont je ne me souviens guère ni sans mon Oncle Edy. Lorsque Mutti et moi nous sommes arrivées au 32, rue du Soleil, un jour d'été 1937, nous ne l'avions jamais rencontré.

4

La maison d'Oma Chouchou était une bâtisse étroite, construite sur deux étages, avec au rez-de-chaussée la cuisine, la salle de bains, le petit salon et la pièce au piano – où Mutti et moi partagions un matelas – et à l'étage, les chambres de ma grand-mère, d'Oncle Edy et de ma cousine Anne-mie. Les meubles de la cuisine étaient en bois recouvert de goudron maintes fois repeint dans un blanc cassé, comme les murs écaillés de la salle de bains et ceux du petit salon. Dans la pièce où nous dormions, le bois brun-roux du vaisselier et du piano dégageait une agréable chaleur.

Le jardin, vaste, s'enroulait comme un L sur le côté et l'arrière de la maison, où il se transformait en cour de gravillons bordée de massifs d'hortensias. Entre les fruits et les légumes, Oncle Edy avait semé des pensées, mes fleurs préférées, des jonquilles, et planté des rosiers au printemps pour faire plaisir à Mutti. Je l'avais aidé à délimiter les allées avec des bouteilles, cul en l'air, ou de vieilles tuiles récupérées sur le terrain vague derrière chez nous. C'est entre ces massifs multicolores que je chassais les friandises – les cloches de Pâques ne m'oubliaient jamais.

Au moindre rayon de soleil, nous jardinions, quelle que soit la température, nous nous armions de bêches et de pioches, de paniers ou d'arrosoirs, et nous passions des heures à bichonner nos plantes. Ce jardin, c'était notre paradis, à Oncle Edy et à moi, pas le paradis des catholiques, non, un vrai paradis où nous étions heureux chaque jour.

Bien sûr, les contraintes liées à la cohabitation avec notre famille française généraient des disputes. Les histoires de politique passionnaient ma mère, elle en profitait pour exhiber la photo de ses frères SS et parler de la grandeur de notre Führer. Oma Chouchou, qui ne comprenait rien au national-socialisme, s'ingéniait à la contredire ; Oncle Edy ajoutait son grain de sel, souvent un brin acide, et ils finissaient par se chamailler autour du *Kaffee Kuchen*.

La politique de M. Hitler n'était pas leur principal sujet de discorde : c'était la religion. D'après Mutti, les curés étaient tous des pervers, et Hitler avait raison de les pourchasser. Ces affirmations choquaient ma grand-mère, qui, de son côté, qualifiait les protestants de vermine hérétique.

Mais il y avait pire. Dans le village circulait une très vieille rumeur, née bien avant Anne-mie : Oncle Edy et Silke ne pouvant avoir d'enfant, ils avaient décidé d'adopter un petit garçon abandonné sur les marches du temple Neuf[1]. Quand Oma Chouchou a vu le bébé, elle l'a arraché des bras de Silke et l'a jeté dans le poêle parce qu'il était protestant. Évidemment, je ne croyais pas à ces sornettes, même si Mutti prenait son air mystérieux et disait à ce propos : *Wo Rauch ist, ist auch Feuer*[2].

Protestants, catholiques, nous avions appris à vivre ensemble. Il suffisait de ne pas évoquer le sujet, et en dehors des dates importantes pour les uns ou les autres, les jours s'écoulaient, paisibles.

Mutti travaillait enfin, elle emballait des cacahuètes pour le frère de M. Colson, notre bailleur, Oma Chouchou avait une nouvelle boniche, ma mère, et un souffre-douleur, moi, ma cousine Anne-mie, jusque-là fille unique, jouissait d'une aimable camarade de jeux, je dormais sur un bon matelas et Oncle Edy avait l'esprit tranquille, nous étions là pour veiller à ce que ma grand-mère n'incendie pas la maison avec ses tours de magie. Oui, nous étions différents, mais nous étions heureux, cahin-caha, mais heureux, parce que ensemble.

Chaque matin, je serrais Oncle Edy contre moi, je voulais des adieux convenables au cas où il devrait aller à la guerre, je priais pour que M. Hitler se hâte de reprendre ce qui nous appartenait car Mutti

1. Temple protestant construit pendant l'annexion de 1871 sur l'île du Saulcy à Metz.

2. « Il n'y a pas de fumée sans feu. »

affirmait que le bruit des bottes allemandes se rapprochait et que notre Führer ne tarderait pas à récupérer les morceaux de notre pays que la France nous avait arrachés.

Je n'ai pas assez prié.

Oncle Edy qui était officier de réserve a été appelé sous les drapeaux.

Le matin du 22 août 1939 [1], il a enfilé cet uniforme français dont il était si fier, passé sa plaque d'identité à son poignet gauche puis il a descendu la rue, son baluchon sur le dos.

Nous n'avons plus jamais entendu parler de lui.

C'est quand ils sont morts qu'on a de leurs nouvelles, me répétait ma mère quand je m'étonnais de son silence.

Oncle Edy me manque.

J'aimais l'odeur du tabac froid sur ses vêtements quand il rentrait du travail, la grosse voix qu'il prenait pour me raconter des histoires de brigands, mais aussi le temps que nous passions à planter les fleurs ou à trier les bûchettes pour le fourneau. Ce que je préférais, c'était éplucher les haricots. Pendant qu'Anne-mie faisait ses gammes, je m'attablais dans la cuisine, un torchon sur les genoux, et une montagne de haricots qu'Oncle Edy s'amusait à dresser devant moi. J'en saisissais une pleine poignée et je coupais les pointes, les yeux rivés sur ma mère qui remplissait les bocaux. Les haricots blanchis qu'elle

---

1. Les premiers réservistes ont été appelés sous les drapeaux dix jours avant l'entrée en guerre de la France.

bourrait à l'intérieur produisaient un drôle de grincement.

Dans mon cœur, Oncle Edy a remplacé Peter, même si ma mère disait de lui qu'il se contentait de réparer les erreurs de son cadet.

5

Nous déterrons les dernières conserves, Mutti affirme qu'il vaut mieux manger les plus anciennes en premier, je lui réplique que le caoutchouc moisi du couvercle ne me dégoûte pas autant que ces salopards de Français et nous rions de bon cœur.

Je suis accroupie, les mains dans la boue glacée, je déloge les bocaux de leur cachette, je les rince dans une bassine, puis je les essuie avec un chiffon en chantant *Guten Morgen, ruft die Sonne, guten Morgen, ruft der Wind, guten Morgen, ruft der Vogel, guten Morgen, liebes Kind*[1].

Assise sur les marches, à l'entrée de la cave, là où la lumière du jour lui permet de lire les étiquettes, Mutti chante avec moi. Ses doigts déformés par l'arthrite sont crispés sur son tablier fleuri, et ses jupes, relevées sur de gros bas qui cachent ses jambes écorchées.

---

1. « Bonjour, dit le soleil, bonjour, dit le vent, bonjour, dit l'oiseau, bonjour, cher enfant. »

Cosette, ma petite poule noire, nous observe en balançant la tête, elle roule de grands yeux, l'air intrigué par notre manège. La pauvre, elle ne pond plus depuis des semaines, ce doit être la fatigue et la peur.

Nos voix s'élèvent fortes, gaies, décidées à oublier les cadavres qui jonchent les rues et à couvrir ensemble le vacarme de l'alarme. Quand les cloches se mettent à sonner le tocsin, on dirait qu'elles courent, leur son se précipite vers nous pour nous enjoindre de fuir. Mais en dehors de cette cave, nous n'avons nulle part où aller.

Soudain, le plafond s'abat sur nous et notre monde, celui que nous nous sommes créé dans ce sous-sol humide, se volatilise dans la cendre et la poussière.

Nous avons chanté le soleil et le soleil s'est écrasé sur la maison.

Mutti ?

Je murmure, mais je n'espère pas de réponse. Je préfère le silence de ma mère à des cris d'agonie.

Mes oreilles bourdonnent encore du vacarme de l'explosion. Des gravats recouvrent mes jambes, la pluie de pierre a piqué ma peau à plusieurs endroits, la douleur ne se limite pas aux écorchures, elle s'immisce partout. Si je l'écoutais, je ne bougerais plus en attendant la mort.

Mes mains parcourent timidement mon visage, mes joues sont encore là, mes bras aussi, mes doigts brûlent ma chair à l'endroit des déchirures, le sang est déjà en train de sécher. Je tâte mes jambes, je remue mes orteils, plusieurs fois, je les compte encore et encore, enfin, je touche mes yeux à travers mes paupières. Ce sont bien mes paupières que mes doigts perçoivent, je ne suis pas comme ce mort de la rue dont le regard hurlait : Pourquoi as-tu des paupières alors que tant d'entre nous n'en ont plus ?

Mutti ?

Le silence… Je perçois seulement un léger sifflement. Ce sont mes poumons. Je les imagine qui aspirent la poussière jusqu'à ce qu'ils n'en puissent plus. Alors, je cracherai du sang, comme M. Eiffert, le voisin. Il restait planté derrière le grillage pendant des heures, ses doigts griffus accrochés aux mailles de fer, avec son béret vissé sur la tête, son grand corps sec et sa cigarette maïs collée à ses lèvres. Le bandeau qui couvrait une partie de son visage – un œil crevé pendant la Grande Guerre – lui donnait un air de rat quand il nous observait. Lorsque ma mère brandissait la bêche dans sa direction et lui hurlait d'aller voir ailleurs, il lâchait entre ses dents un filet de salive brune et nous fixait de plus belle.

Oncle Edy n'a jamais su arranger les choses, il affirmait que M. Eiffert était un homme convenable parce qu'il lui donnait du travail de comptabilité : des papiers couverts de lignes de chiffres qu'Edy vérifiait et complétait et que le voisin lui échangeait contre de l'argent ou des fromages, des œufs et du lait.

J'espère que cet horrible bonhomme est dispersé dans la rue par petits bouts avec son œil qui fixe un jardin où nous ne sommes plus. Moi, je ne veux pas finir comme ça.

Je dénoue mon tablier et déboutonne ma chemise. Même s'il fait froid, j'ai besoin de respirer. Ça fait des années que Mutti me force à comprimer ma poitrine avec des langes, ce qui fait que je n'en ai presque pas. Elle dit que c'est pour empêcher « les porcs » de me reluquer.

Mutti ?

La cave n'est pas aussi vaste que ma peur du noir et des tic-tac. Je tire sur mes manches pour recouvrir mes doigts et je tâtonne autour de moi. À ma gauche, le trou où je récupérais les conserves est comblé par des débris, je m'approche lentement, je tends les mains, je reconnais la limite du plancher mais il reste seulement d'énormes blocs de pierre et un fatras de poutres qui puent le charbon.

Un bruissement me fait sursauter.

Mutti, c'est toi ? Anne-mie ?

Quand l'alarme résonne, nous nous terrons dans la cave avec ma cousine, tandis que ma grand-mère fait tourner son pendule au premier étage pour éloigner les bombes. Pauvre Oma Chouchou. Elle n'a pas eu le temps de sortir son matériel de magie, cette fois. Pauvre Anne-mie, elle n'a pas onze ans et de trop courtes jambes pour courir vite. Elle aussi doit être dispersée en petits bouts.

Je progresse sur les genoux en me répétant qu'il n'y a ni fantôme sans paupière ni tic-tac, pour oublier qu'un monstre pourrait m'emporter ou sauter sur mes cheveux et courir sur ma tête.

Je perçois un nouveau bruissement, plus ténu cette fois, et bientôt, mes doigts rencontrent une matière douce et palpitante. Cosette est là, terrifiée mais vivante, et quand je la serre contre moi, elle niche sa tête dans le creux de mon bras. Sa chaleur, son cœur qui bat me rassurent, enfin, je ne suis plus seule.

Toujours à tâtons, je lui confectionne un nid avec mon gilet. Ma petite poule tremble de toutes ses plumes. Je voudrais la réconforter, lui dire qu'elle peut compter sur moi, que Mutti va bientôt nous sauver et que je suis assez débrouillarde pour nous deux en attendant, mais je me contente de caresser délicatement ses ailes jusqu'à ce qu'elle se blottisse au milieu des lainages et cesse de trembler.

Mes yeux ne discernent aucune lueur, ni du côté des ouvertures à charbon murées par Oncle Edy pour empêcher le gel, ni du côté de la sortie, alors qu'il aurait dû y avoir un peu de lumière au bas de l'escalier.

Mutti ?

Habituellement, ici, on entend les bruits du village, un chien qui aboie, le clac du sabot des chevaux, des cris, les insultes des Français qui passent, la voix d'Andy qui m'appelle pour jouer, le signe d'une vie à l'extérieur, si loin et si près, là, je ne perçois même plus la complainte de l'alarme. Alors qu'elle me donnait l'impression d'une main glaciale qui agrippait mes entrailles, ce silence est pire. Je suis entourée de vide.

6

Ils étaient trois vauriens de Français qui traînaient leurs guêtres sur le chemin de l'école des filles avec leurs biclous rouillés et leurs rires mesquins. Ils étaient les premiers garçons de mon âge que je rencontrais.

En Allemagne, Mutti me tenait enfermée à la maison pour me protéger des hommes, disait-elle, et j'avais passé une année au pensionnat avant qu'Oncle Edy, refusant de payer des sœurs pour ce qu'il saurait faire de bon cœur, m'élever, m'inscrive enfin à l'école du village.

Au début, j'étais heureuse de les approcher, de les détailler, leurs tenues crasseuses, leurs genoux écorchés et leur drôle de manière de me tendre des bonbons. L'un d'entre eux avait une jolie frimousse, des taches de rousseur sur le nez et un splendide cerf-volant entre les mains. J'ai toujours aimé faire tournoyer le mien dans le ciel avec Oncle Edy, mais ces derniers temps, préoccupé par sa comptabilité, il ne m'accompagnait plus.

Un jour, les ailes rouges de mon cerf-volant se sont déchirées dans les branches d'un chêne. Ma mère a refusé de les raccommoder – elle avait d'autres corvées –, me condamnant à regarder virevolter celui des autres.

Le garçon aux taches de rousseur m'a proposé de me prêter le sien. Lui ne parvenait pas à le faire voler, il m'avait observée avec mon oncle, il voulait que je lui enseigne la bonne manière. Bien entendu, j'ai refusé, le lendemain, puis les jours d'après. Je n'avais pas la permission de me détourner du chemin de l'école et encore moins celle de frayer avec des Français. Ils nous détestent, répétait Mutti. Ils détestent l'idée que nous leur soyons supérieurs en tout !

Mais Taches-de-rousseur persévérait, avec son sourire et ces ailes multicolores entre les mains qui m'appelaient, frémissaient à mon passage comme si elles n'attendaient que moi pour s'élancer dans le ciel.

Ce cerf-volant s'est peu à peu invité dans ma tête, son tissu léger et ses jolies couleurs ont grandi et pris toute la place. Je n'ai rien dit à Oncle Edy, de crainte de l'attrister, après tout, j'irais faire du cerf-volant avec un autre, mais après des semaines, j'ai jeté mon cartable dans le fossé, à côté de la maison, et j'ai couru avec les Français sur le chemin des champs.

Leurs éclats de rire m'ont poursuivie, puis ils m'ont dépassée et m'ont attendue, essoufflés, à l'ombre d'un bosquet de ronces. L'impatience et l'excitation me faisaient rire aussi. Elles s'échappaient de ma gorge à m'en étouffer. Lorsque j'ai rejoint Taches-de-rousseur et ses complices, j'ai tendu les mains vers ce cerf-volant dont je rêvais depuis des jours.

J'ai vu le premier crachat maculer ma blouse d'une tache sombre, puis un deuxième et un autre puis un autre encore. J'étais immobile, les mains tendues, les yeux fixés sur les ailes vibrantes.

J'ai senti leur salive couler sur mes joues et mes lèvres et j'ai entendu à nouveau leurs rires. Cette fois, ils étaient plus puissants, plus grinçants et semblaient m'encercler.

Quand les doigts des Français ont enserré mes chevilles, mes cuisses et mes épaules, j'ai pensé à M. Eiffert le voisin et à son œil oblique, puis j'ai entendu la voix de Mutti résonner à mon oreille, Rosy, les hommes sont tous des porcs, tu m'entends ? Des porcs ! et j'ai songé que ces trois-là aussi.

Mes pieds ont soudain quitté le sol et mon corps s'est soulevé dans les airs. J'ai tenté de m'extirper de leur étreinte mais les Français m'ont emportée vers le bosquet de mûres, où ils m'ont jetée. Les branches m'ont griffée puis happée, le jus des baies m'a encollée comme la proie d'une araignée, plus je me débattais, plus le mûrier m'avalait. J'ai crié, jusqu'à ce que leurs rires s'éloignent.

Le cerf-volant multicolore s'est étréci puis il a disparu. Alors seulement, j'ai pleuré, suspendue aux ronces comme une guirlande.

Je suis rentrée au crépuscule, Oncle Edy, Mutti et les rares voisins préoccupés par mon sort – j'apprendrais plus tard qu'Edy leur avait promis une récompense – étaient rassemblés devant la maison, chiens grondant au bout d'une laisse et lampes torches à la main. Quand ils ont reconnu ma silhouette en haut de la rue, ils se sont dispersés sans attendre.

Mon tablier en guenilles, maculé de jus de mûres, m'a valu de la part de Mutti quelques gifles bien senties. Elle a vigoureusement frotté mes plaies avec du schnaps, ignoré mes protestations de douleur, Oncle Edy m'a consolée avec un baiser sur le front, Anne-mie a pouffé, et Oma Chouchou a laissé échapper un soupir excédé.

Je me suis couchée le ventre vide. La nuit, un violent orage a inondé les fossés et la cave, et mon cartable a été emporté par les eaux. Même Dieu s'en est mêlé.

J'ai été punie par notre institutrice pour avoir égaré mes cahiers, je suis restée en retenue les après-midi suivants, à copier des lignes et des lignes, *Je ne m'éloignerai plus du chemin de l'école* ou *Je veillerai sur mes affaires* ou encore *Je n'abîmerai plus mon tablier*, jusqu'à ce que mes doigts se raidissent et qu'Oncle Edy me ramène à la maison.

Lorsqu'il faisait mauvais temps les jours sans école, j'astiquais les meubles, je passais le balai, je fabriquais la lessive avec la cendre du poêle, j'enduisais de graisse et lustrais les cuirs, je raccommodais et reprisais, je remuais le linge dans la bassine d'eau bouillante, je frottais les torchons, les draps et les sous-vêtements de toute la famille, pour faire oublier à ma mère le mal qu'elle avait eu à ôter les taches de mûres sur mon tablier.

De temps à autre, Oncle Edy évoquait ce fâcheux épisode du cerf-volant en ces termes : Rosy, ce n'est pas la faute aux enfants, il se raconte de mauvaises choses sur l'Allemagne et Hitler en ce moment, et les gens ont peur. Ils ont peur de la guerre. Ils ne veulent plus vivre ça.

J'aimais mon Oncle Edy, de tout mon cœur, mais il subsistait au fond de moi l'idée que rien de mal ne me serait arrivé s'il m'avait accompagnée dans les champs. Et puis, je songeais aussi que torturer une Allemande ne changerait rien à ces histoires de politique, en tout cas, ce n'était pas une excuse. Les Français ne nous aimaient pas, que dis-je, ils nous détestaient, sauf Oncle Edy, bien sûr, mais nous étions de sa famille.

Les semaines ont passé, je suis à nouveau rentrée seule de l'école, j'ai maintes fois subi les moqueries de Taches-de-rousseur et de ses complices mais ils ne m'approchaient plus. Ils se contentaient de me prendre pour cible, entre pierres et quolibets.

Les yeux rivés sur la pointe de mes chaussures, j'imaginais que je les ligotais à un arbre pour leur faire avaler leur cerf-volant ou que je recouvrais la selle de leurs vélos avec de la bouse. À chacun de mes pas, je fourbissais ma vengeance, jusqu'au jour où je me suis heurtée à un garçon qui jouait accroupi au milieu du chemin.

7

Andy, de son vrai nom André, ne ressemblait pas à un garçon, c'est, je crois, pourquoi je l'ai tout de suite aimé. Il avait la tête d'un raton laveur, avec ses lunettes et ses dents toutes de travers, et quelque chose de gentil au fond des yeux, une expression étonnée sous des sourcils en accent circonflexe. Il était toujours vêtu de gris et portait, fixées à sa ceinture, un tas de bourses en tissu, des rouges, des bleues, des jaunes que sa mère lui cousait. Andy y rangeait ce qu'il trouvait par terre, une rondelle de caoutchouc, un morceau de papier, une coquille d'escargot vide ou un éclat de quartz.

Quand l'une d'elles était pleine, il triait son contenu, ne gardait que les plus jolies choses, une pointe toute neuve ou un lacet qu'il alignait sur son chevet, puis il la rangeait sous son lit. Le lendemain, il repartait sur les chemins avec celle que sa mère venait de lui confectionner.

Andy était déconfit lorsque les trois Français l'ont dépouillé pour la première fois. Sa bourse renfermait de nombreux objets de valeur, comme un joli galet et une pierre marquée des anneaux d'un fossile. Ils vont la vendre au marché noir, m'a-t-il dit avec sérieux, et je l'ai cru.

Au fil des jours, Andy est devenu fataliste. Taches-de-rousseur et sa clique avaient pris l'habitude de le détrousser dès qu'ils l'apercevaient en ma compagnie. N'empêche, me disait-il, ça prouve qu'ils voudraient bien être à ma place !

Lors de notre première rencontre, il m'a souri et m'a fait signe de le rejoindre. Avec sa bourse pleine de trésors, Andy n'attaquait pas les petites Allemandes sur le chemin de l'école, il bâtissait des villes, des maisons où il installait des escargots.

Curieuse, je l'ai dévisagé quelques instants avant de poser mon cartable sur le bord de la route et de m'accroupir à ses côtés. Puis j'ai ramassé un joli caillou que je lui ai tendu. De la paume, il a lissé la terre devant moi et disposé quatre bouts de bois. J'ai cueilli des fleurs de trèfles pour décorer ses jardins et posé des brindilles sur le toit de la maison qu'il venait de construire.

Nous sommes devenus inséparables. Dès qu'il nous était possible de nous retrouver, nous passions des heures, penchés sur nos créations éphémères, à nous inventer un monde où nos personnages ne s'embarrassaient pas de méchanceté.

Aujourd'hui, mon ami est en petits bouts dans la rue, à deux pas d'ici, et nos villages d'escargots sont déserts. J'ai tant de chagrin que je me recroqueville dans un coin de la cave, mon gilet sur la tête, aussi pétrifiée que je l'étais dans ce champ, lorsque les trois Français riaient de moi.

Depuis que le plafond s'est effondré, je ne sais que faire.

Alors je ferme les yeux, je rêve, je me glisse dans ces autres jardins où je peux me souvenir d'Andy. J'attends que le cauchemar cesse, j'attends que Mutti m'envoie les secours.

Le hérisson qui habitait dans le jardin, au 32, rue du Soleil, était si gourmand qu'il mangeait dans ma main et lorsque, enfin, il m'apercevait à l'autre extrémité de ma paume, il se roulait en boule en me crachant dessus, puis s'éloignait le long des murs en dandinant son gros derrière. Andy et moi l'avons surnommé Sckrönch, comme le bruit qu'il faisait en mangeant.

Il passait l'hiver dans un trou recouvert de feuilles et de mousse et réapparaissait chaque printemps, pointant son museau tous les jours, au pied de la fenêtre, une fois la nuit tombée. Nous nous glissions dehors avec quelques restes. Parfois, nous devions fabriquer un chemin avec la nourriture pour qu'il ose s'approcher.

Lorsque nous avons constaté qu'il boitait, nous l'avons attrapé, les mains couvertes de gants de jardin, puis mis sur le dos et examiné. Sa patte arrière avait été arrachée !

J'ai trouvé qu'il était cruel de le laisser souffrir, il n'avait rien fait pour mériter ça et il était incapable de se suicider ! D'ailleurs, un hérisson pourrait-il envisager de se jeter sous un train ou du haut d'un pont ? Je ne pense pas, et Andy était de mon avis.

Oma Chouchou racontait tout le temps que les suicidés grillent en enfer pour toujours. Moi, je ne crois ni au paradis ni à l'enfer, c'est une invention des curés pour forcer les gens à obéir. Mutti et moi nous pouvons nous suicider si ça nous chante, il nous faudra juste expliquer à Dieu pourquoi.

Avec Andy, nous avons supplié Mutti de nous autoriser à l'emporter chez ses parents, tous deux vétérinaires. Elle a refusé. Il n'était pas question qu'on se mêle de la vie d'un animal sauvage, et si mourir de la gangrène était son destin de hérisson, alors on n'y pouvait rien.

L'agonie de Sckrönch a duré trois jours.

Andy me tenait la main lorsque les vers ont envahi son petit corps comme autant de vautours. Plus tard, j'ai vu sa bouille couverte de mouches à mort et j'ai détesté ma mère.

Quand ce fut terminé, nous l'avons enterré au pied des hortensias dans une boîte remplie de ouate et avons déposé sur sa tombe une planche où il était inscrit à la craie :

Ci-gît Sckrönch le Hérisson, mort le 25 avril 1939,
Dieu ait son âme.

Andy m'a affirmé qu'il ne fallait pas pleurer. Sckrönch ne reviendrait jamais parce qu'il nous attendait au paradis. Il oubliait que ni Sckrönch ni moi ne serions les bienvenus à son paradis de catholiques.

Après l'enterrement de notre hérisson, nous avons décidé de nous aventurer du côté de la rivière pour nous changer les idées. Anne-mie semblait si triste de rester seule avec Oma Chouchou et son piano que nous avons accepté de l'emmener. J'ai le souvenir d'une fin de journée radieuse, mon cœur se rappelle la couleur des champs et du ciel, nos voix sur le chemin.

Nous avions emporté des biscuits et nous buvions à la rivière. L'eau était fraîche et transparente. Nous parlions de tout et de rien, nous évoquions nos espoirs et nos rêves, la goinfrerie de Sckrönch et l'étrangeté de la mort.

Tout est de ma faute ! a soudain lâché Anne-mie avant d'être secouée par de gros sanglots. C'est à cause de moi que la mort a pris le hérisson, comme elle a pris ma mère !

Qu'est-ce que tu racontes ? Andy ne comprenait pas pourquoi Anne-mie s'accusait de la mort de sa mère, puisqu'elle s'était pendue.

Pendue ?

Anne-mie s'est mise à hurler, les bras le long du corps, les poings serrés.

Conscient de sa bourde, Andy a tenté de la calmer avec quelques mots d'apaisement, des chatouilles, des menaces, en vain.

Ma pauvre cousine hurlait toujours quand elle a enfourché son vélo pour reprendre dare-dare le chemin du village.

J'ai regardé Andy avec colère. Certes, Anne-mie était casse-pieds, mais ce n'était pas une raison pour être aussi cruel !

Andy a secoué la tête, il était certain de ce qu'il avançait.

J'ai insisté en lui expliquant que Mutti m'avait dit qu'Anne-mie se sentait responsable car Silke était morte en la mettant au monde.

Tu te trompes, a murmuré Andy. C'est mon père qui a décroché le corps parce que ta grand-mère refusait d'avouer la vérité au médecin et au curé. Sinon, Silke n'aurait jamais pu être enterrée avec les catholiques.

Abasourdie, j'ai hurlé à Andy que Mutti n'était pas une menteuse.

Mon ami m'a fixée avec ses grands yeux étonnés, je n'avais jamais crié contre lui.

Soudain, nous étions incapables de nous parler. Alors nous sommes rentrés à pied, en poussant nos biclous, la mine sombre et le cœur meurtri.

8

D'abord trouver les bougies et les allumettes, il fait si noir, il fait si froid.

Mon corps ankylosé se déploie difficilement.

Personne n'est venu. J'ai envie de pleurer.

À genoux, je déblaye le sol en grelottant, je repousse les gravats à tâtons, le plus loin possible. J'ignore si je me trouve face à l'entrée, ce qui est certain, c'est que de l'autre côté de ce tas de ruines, il y a l'escalier, les étagères avec les conserves, Mutti et le reste de la maison. Cela peut sembler tout près, mais dans l'obscurité, c'est loin. Jamais je ne pourrai franchir ce mur.

Une partie du plancher s'est affaissée sous le poids du plafond. Les lames de bois ont résisté mais elles ploient et s'enfoncent dans la boue. Je suis prisonnière d'une épave échouée. Je rampe vers l'autre côté, c'est l'endroit que Mutti avait aménagé pour moi.

Il ne subsiste qu'un tas de planches fracassées et des gravats. Encore des gravats. La petite niche où je rangeais mes livres de Goethe et des frères Grimm, Lila, ma poupée, et mes joujoux, s'est effondrée.

Des échardes piquent mes phalanges et s'immiscent sous mes ongles, pourtant je palpe les débris et les pierres, encore et encore, dans l'espoir de récupérer ma poupée. Comment pourrais-je m'endormir ici, toute seule ? J'en oublierais presque les tic-tac qui m'épient, cachées dans les murs.

Peu à peu, mes yeux s'accommodent à l'obscurité et je distingue des contours, mes doigts suivent les poutres de chêne et arrivent bredouilles à la couchette de Mutti. Une chance, elle est humide mais elle a résisté. Plus haut sur l'étagère intacte, recouverts de sable et de cailloux, il y a ses lainages et son nécessaire à tricoter.

J'attrape le panier en osier, j'agite les pelotes, je dépose les aiguilles qui tremblent entre mes doigts et j'enfile le pull que Mutti avait tricoté pour Oncle Edy en attendant son retour.

Du salpêtre crisse en tombant au fond de la niche, je saisis un paquet que je dépose sur mes genoux. À l'intérieur du papier je reconnais la texture de la cire et le carton d'une boîte d'allumettes. Combien de bougies y a-t-il ? Une dizaine. Pas de quoi m'éclairer longtemps.

Mes mains tremblotent autant que la flammèche qui jaillit dans le noir et m'aveugle un instant. Mon univers se rétrécit autour du halo lumineux, l'obscurité m'englobe, maintenant que je tente de la repousser.

Je passe lentement la bougie au-dessus de mes bras et de mes jambes. Les plaies les plus graves suintent encore. D'un mouvement brusque, j'abaisse la chandelle vers le sol, plongeant mes blessures dans le noir. Ainsi, elles n'existeront plus.

Le halo éclaire le plancher. À mes pieds, sous une fine couche de cailloux et de poussière, je trouve les restes d'une planche brûlée. C'est le clavier qu'Oncle Edy avait fabriqué pour moi. On peut encore deviner quelques-unes des touches qu'il avait gravées. Cette trouvaille me remplit de joie.

Je cale la bougie entre deux pierres, je pose la planche sur mes genoux, je pose mes doigts sur la planche et je mime la *Sonate au clair de lune*. Tadada-tadada-tadada-tadada-tondondon-tondondon-tondondon-tondondon-tududu-tududu-tididi-tididi...

Pendant un instant, j'oublie où je suis.

Quelque part à côté de moi, une tic-tac tressaille dans le jeu d'ombre et de lumière. Je pousse un cri, les doigts suspendus au-dessus de mon clavier de fortune. Hypnotisée par le monstre, je regarde ses longues pattes s'agiter en tous sens, son corps oblong et sa tête minuscule. Des frissons de dégoût picotent ma nuque.

Oncle Edy me disait toujours : C'est pas des araignées, ça, c'est des tic-tac, alors je m'accroche à sa voix, à son sourire, de toutes mes forces.

Mais ça ne suffit pas.

Toujours immobile, les yeux écarquillés, je vois la tic-tac glisser le long du mur, escalader les plis de la couchette, frôler ma jambe et mes pieds et se faufiler entre deux planches.

À présent qu'elle est tapie sous moi, elle attendra que je m'endorme puis grimpera dans mes cheveux et se baladera sur mes joues.

Hilfe ! Je ne dois pas dormir. Je ne dois pas bouger.

9

Ma grand-mère était pire que la sorcière du conte *Hansel & Gretel*. Je ne comprenais pas comment cette horrible vieille femme pouvait être la mère d'un homme aussi bon et doux que mon Oncle Edy. Elle jetait des sorts du matin au soir et verrouillait le clavier du piano pour m'empêcher d'y jouer. Oui, Oma Chouchou était méchante, mais elle était aussi capricieuse et tricheuse.

Lorsque Mutti sortait pour faire la queue chez le marchand ou troquer les derniers outils, j'étais chargée de la distraire, ce qui présageait d'interminables heures d'ennui.

J'entrais dans la salle au piano, je prenais la clé dissimulée dans le vase, je déverrouillais les portes basses du vaisselier et je m'accroupissais pour récupérer une boîte verte. Je refermais la porte du meuble, rangeais la clé puis j'avançais vers la table de la cuisine, préalablement astiquée, et je plaçais la boîte devant Oma Chouchou. Celle-ci levait un sourcil, remuait ses anglaises grises et ses joues molles, toussotait dans le mouchoir brodé qu'elle gardait dans sa manche, puis elle ouvrait le couvercle de la boîte, ses auriculaires relevés, elle dépliait le tapis de feutre vert et le carton du jeu choisi avant de l'épousseter. Enfin, elle alignait les dés et les pions devant elle et me disait : Ranche la boîte, véérmé bien la borte du meuble à clé et lafe-toi les mains. Enzuite, nous pourrons chouer.

Je retournais dans la salle au piano où j'ouvrais les portes du vaisselier pour y ranger la boîte avant de les refermer et de déposer la clé au fond du vase. Je trouvais ça idiot, mais Oma Chouchou menaçait d'allonger mon nez, mes oreilles ou mes dents si je me rebellais. Elle affirmait que mon ami ressemblait à un raton laveur parce qu'il ne cessait de désobéir. J'aimais Andy de tout mon cœur mais j'étais terrifiée à l'idée de lui ressembler.

Si Oma Chouchou avait oublié les pions ou les dés, je retournais chercher la boîte, autant de fois qu'elle l'exigeait. Souvent, Mutti rentrait de commissions avant même que nous ayons commencé à jouer.

Les bons jours, nous disputions des parties de dames, ou de *Mensch ärgere dich nicht* [1], tandis qu'Anne-mie dessinait dans sa chambre ou révisait ses gammes. Elle, au moins, n'était pas obligée de plaire à Oma Chouchou, elle était sa préférée. Ma cousine avait l'avantage d'être catholique, et avec ses anglaises et son œil sournois, elle lui ressemblait tant qu'on aurait pu imaginer Anne-mie comme une Chouchou plus jeune.

---

1. Variante allemande des petits chevaux.

La partie entamée, ma grand-mère devenait subitement maladroite, les dés roulaient sous une chaise, je me baissais pour les ramasser et là, je me trouvais devant ses jambes d'éléphant, violacées et craquelées, macérant dans une bassine d'eau et de queues de cerises. Cette vision me choquait tant que je me redressais vivement, les yeux écarquillés de dégoût.

À la famille et aux voisins, Mutti expliquait qu'Oma Chouchou souffrait d'un grave problème cardiaque. Son cœur était affaibli, ses reins ne fonctionnaient plus. Elle était devenue un vase qui se remplissait d'eau jusqu'à la taille.

Dans la famille, nous savions que son cœur n'était en rien responsable de cette terrible maladie. Par le passé, ma grand-mère avait été ignoble et Dieu l'avait punie.

Je ne pouvais m'empêcher de songer qu'elle l'avait bien mérité et Mutti semblait de mon avis : Cette vieille folle a fait de si mauvaises choses… Ma mère refusant de m'en révéler davantage, ces choses restaient bien mystérieuses.

À peine regrettais-je ces mauvaises pensées que la position des pions sur le jeu les chassait aussitôt. Dans sa tête, Oma Chouchou était aussi laide que sous ses robes. Elle avait encore triché.

Lorsque j'ignorais ses manœuvres, elle se moquait de mon déplorable esprit stratège. Tu es incapable de gagner une seule partie, ma pauvre fille ! Tu devrais prendre exemple sur les Lorrains ! Quoi qu'il arrive, ils seront toujours du côté des vainqueurs !

Si par malheur je tentais de replacer convenablement les pions, les joues d'Oma Chouchou s'empourpraient et ses mains glacées, avec ses drôles de phalanges blanches et plates, les balayaient d'un revers. Puis elle m'envoyait ranger la boîte et accomplir une corvée quelconque, pourvu que je ne l'indispose plus avec mes soupçons.

Je serrais les poings, imaginant que je me transformais en musaraigne pour lui dévorer les orteils. Souvent, cela suffisait à m'apaiser. Mais pas toujours. À trop subir la mauvaise humeur de ma grand-mère, il m'arrivait d'être malpolie.

La sentence ne tardait pas : je me trouvais penchée sur le dossier d'une chaise et j'endurais la correction favorite d'Oma Chouchou, la fessée, qu'elle administrait le plus souvent avec la louche ou avec un morceau de bois.

La plus longue de toutes les fessées, je l'ai reçue quand Andy a parlé du suicide de Silke à Anne-mie. Ce jour-là, ma cousine est rentrée en larmes, complètement déboussolée.

L'indiscrétion de mon ami n'a pas convaincu ma grand-mère de nous avouer la vérité, à Anne-mie et à moi, au contraire. Elle a nié de toutes ses forces, s'est empêtrée dans un tas d'explications, et Mutti l'observait, un air narquois sur le visage. Mais à chaque coup de bâton, j'avais la certitude que c'était bien mon ami qui avait dit la vérité. J'ai enduré la correction les lèvres scellées. Je n'avais qu'une hâte, sortir de la maison pour le rejoindre.

Lorsque mon derrière a été suffisamment rouge et boursouflé, Oma Chouchou a froncé les sourcils avec un air sévère et s'est penchée vers Anne-mie en murmurant, perfide : Ta mère ne s'est pas zuicidée. Tu as compris ou tu feux la même ?

Ma pauvre cousine a bredouillé un « compris » affolé et Oma Chouchou, satisfaite, est remontée dans ses appartements, raide, digne, relevant ses longues jupes comme une reine. Mutti l'a suivie des yeux en regardant au-dessus de ses lunettes puis elle m'a prise dans ses bras avant de tapoter mon postérieur endolori avec un linge frais. Lorsque j'ai pu enfin remonter mes culottes, je lui ai demandé pourquoi on avait laissé croire à Anne-mie qu'elle avait tué sa mère alors que ce n'était pas vrai.

Laß doch die Kirche im Dorf[1], Rosy, a répondu Mutti en fronçant les sourcils. N'en parlons plus, a-t-elle ajouté.

Et de fait, nous n'avons plus jamais abordé le sujet.

Mais les mots de ma mère n'ont pas apaisé ma colère, bien au contraire. Je n'avais qu'une envie, apprendre à jeter des sorts moi aussi, pour que Mutti et Oma Chouchou disparaissent à jamais, englouties dans les enfers.

---

1. Littéralement : « Laisse donc l'église dans le village. » C'est-à-dire : « Laisse couler. »

10

La cave servait à conserver les légumes et à entasser du charbon pour le poêle et tout un tas d'objets inutiles dont Oncle Edy refusait de se débarrasser. Mutti m'assurait que c'est parce qu'il avait peur de mourir et que les souvenirs, c'est l'apanage des faibles. Je n'étais pas de son avis.

Quand les rues étaient encore sûres, il m'arrivait de me poster sur le trottoir, au sommet de la rue, les yeux fermés, pour ne plus voir ce monde qui ne me convenait plus.

Son baluchon sur l'épaule, Edy descend la rue, Mutti est digne, devant la porte, elle lisse les plis de son tablier, Anne-mie fait de la balançoire dans la cour et Oma Chouchou attend, attablée dans la cuisine, devant son *Kaffee Kuchen*. Il se retourne une dernière fois puis disparaît au carrefour. Et moi, les yeux fermés, je rembobine le film et je le fais revenir vers moi.

Pas une seule fois, après son départ et malgré mes prières, je n'ai vu Oncle Edy remonter la rue du Soleil. Je la déteste. Elle a brûlé ceux que j'aime.

C'était une jolie rue éclaboussée de lumière du matin au soir, droite comme un I. Sa pente raide était bordée de maisons aux fenêtres fleuries qui se serraient les unes contre les autres, séparées parfois par un jardin ou une courette. À son sommet, elle était coupée par la voie qui mène aux champs et au cimetière, à droite, et longeait les jardins de l'école, puis se perdait dans les champs d'abord et la forêt ensuite, de l'autre côté.

Quelques centaines de mètres au-dessus de chez nous, il y avait l'enclave interdite. Cette ruelle bordée de maisons aux volets clos et aux enseignes lumineuses était fréquentée par ces hommes que ma mère appelait « les porcs ».

J'ai compris ce que cela signifiait un jour où j'attendais Mutti dans l'arrière-boutique de M. Colson, notre propriétaire, pendant qu'elle récupérait son courrier à la quincaillerie. J'ignore pourquoi, une partie de sa correspondance, lettres, paquets, lui était adressée ici.

Sagement installée devant un bureau, j'ai vu cet horrible bonhomme déboutonner son pantalon en m'affirmant que le lambeau de peau molle qui reposait sur ses cuisses durcirait si je le caressais. Je n'avais jamais vu ce genre de chose auparavant et je trouvais ça laid et malodorant, ce que je lui ai dit en grimaçant. Il a fait la moue, a insisté et m'a demandé la permission de toucher mes tétons. J'ai pris si peur que je me suis précipitée hors de la boutique et que je suis rentrée seule à la maison.

Mutti m'a disputée parce qu'elle a cru m'avoir perdue, et j'ai été contrainte d'éplucher des kilos de pommes de terre pour confectionner des râpées.

En bordure de l'enclave interdite se trouvait la caserne des pompiers, la ferme des Basler – les gens qui m'ont offert Cosette quand elle était poussin – et plus en avant, juste à la sortie du village, au passage à niveau, la maison du cheminot, M. Théodore. C'était une grande bâtisse tout en long, avec un toit pointu que tout le monde ici appelait *Kleinbahnhof*[1], en opposition à la *Hauptbahnhof*[2] qui prenait les voyageurs, en bas, dans la vallée.

Mutti arborait toujours un air mauvais quand elle racontait qu'après la mort de Mme Théodore, le cheminot et ses trois fils étaient tous devenus « des porcs ». Elle n'était pas la seule. Beaucoup de villageois regardaient M. Théodore de travers depuis que nous étions entrés dans le Gau Westmark[3] et que les soldats avaient envahi nos rues. Comme il était cheminot et lorrain, il avait eu l'autorisation de placarder une affiche sur sa porte d'entrée qui interdisait aux soldats de fouiller chez lui.

---

1. « Petite gare. »
2. « Gare principale. »
3. La Moselle, annexée le 25 juillet 1940, entre dans le Gau Saarpfalz (province allemande comprenant la Sarre et le Palatinat) qui devient alors le Gau Westmark en novembre de la même année.

De retour à la maison, je me retranchais dans la pièce au piano, au prétexte d'étudier mes leçons pour devenir une parfaite secrétaire, et j'écrivais des poèmes sur la maison du cheminot, où je rêvais d'habiter. Le jour où Anne-mie, à l'affût, m'a dénoncée, j'ai passé le reste de la journée dans la cave à bois avec *Mein Kampf*, une bougie et la consigne de lire les passages expliquant pourquoi il est insupportable que seules quelques minorités jouissent de privilèges.

Nous n'avions pas d'affiche sur la porte comme M. Théodore, alors il ne s'est pas passé longtemps avant que les soldats envahissent notre maison. M. Josef Bürckel, le *Gauleiter* [1], faisait la chasse à tous les gens qui parlaient en français, lisaient le français, aux malgré-nous de la Grande Guerre, à tous les Français qui avaient autrefois refusé ou refusaient aujourd'hui l'honneur de devenir allemands.

Les soldats de Bürckel m'ont terriblement déçue. Je peux même dire qu'ils m'ont fait honte. Au moins, les hommes de la fanfare de la Wehrmacht qui apprenaient chaque semaine des chants allemands à la population et ceux qui patrouillaient dans les rues en rendant service aux plus démunis, ceux-là faisaient honneur à l'Allemagne.

Nous étions attablées quand ils ont fait irruption dans la cuisine. Ma mère et moi avons bondi sur nos pieds. Fidèle à ses habitudes, Oma Chouchou n'a pas

1. Chef du Gau Westmark.

bougé. Elle a levé vers eux sa moue triste encadrée par ses anglaises grises et molles. Seules ses jambes d'éléphant qui flageolaient sous la table, où Anne-mie s'était réfugiée, trahissaient son inquiétude. Moi, j'étais debout à côté de Mutti, accrochée à son bras.

J'ai vu les soldats engloutir notre tarte au fromage, boire notre café, ouvrir les placards et fourrager en renversant tout sur leur passage. Je les ai entendus s'esclaffer et pisser dans la baignoire puis hurler et insulter ma mère parce qu'elle leur refusait l'accès à la pièce au piano. Elle m'avait entraînée devant la porte close, faisant de nos corps chétifs un rempart. Mais allemande ou pas, elle devait obéir, sinon elle serait considérée comme une traîtresse et fusillée.

Mutti se tenait raide, ses yeux furibonds contenaient des larmes de rage, ses mains tremblaient mais elle n'en démordait pas. Son linge séchait dans cette pièce, aucun inconnu ne devait poser les yeux sur ses effets personnels, et certainement pas cette bande de barbares.

Les soldats ont aboyé encore, puis l'un d'eux a brandi une arme, l'éclat du canon noir me hante encore.

Mes souvenirs s'entrechoquent, Mutti agite la photo de ses frères en uniforme, crie à la gloire d'Hitler, s'insurge, mais le canon s'approche, Mutti relève le menton, et soudain, la voix d'Oma Chouchou s'élève, gouailleuse, presque insolente, jurant qu'ici, on ne planque pas les Chuifs, on les dénonce.

Désarçonnés par le culot de ma grand-mère, les soldats éclatent de rire, Mutti renchérit qu'ils n'ont qu'à fouiller chez le cheminot, ce traître de fonctionnaire qui a des privilèges, et moi, je songe qu'à cause de ces histoires auxquelles je ne comprends pas grand-chose, on va tous mourir.

Alors je bouscule Mutti, de toutes mes forces. Déséquilibrée, elle s'écarte de la porte et le soldat tire plusieurs fois dans le vantail, qu'il achève d'un coup de pied. Le panneau éclate contre le mur sous la violence du choc, ma mère me frappe avec ses poings, crie et pleure à la fois.

Les soldats ont fouillé la salle au piano, ils ont tiré dans le matelas sur lequel nous dormions, des plumes tourbillonnaient, ils ont brisé la vaisselle du dimanche, fouillé l'armoire à linge, la mée, et n'y ont trouvé aucun Juif, aucun traître au grand Reich. Seulement les culottes de Mutti, ses bas, ses chemises, ses soutiens-gorge et ce qui lui restait de dignité.

11

La flamme palpitante de la bougie dévoile peu à peu mon nouvel univers. Je serre les dents, je dois être plus forte que ma peur des tic-tac.

L'espace où je suis retenue prisonnière est à peine plus large que je suis grande, et long comme deux hommes. Ce qui reste du plafond au-dessus de ma tête est un entrelacs de poutres noircies, je cherche un souffle d'air, les vestiges d'une présence, mais rien ne bouge. Le sol en pente est jonché de débris de toute sorte, reliefs de notre vie d'avant, toutes ces choses que nous avions entassées en attendant des jours meilleurs.

Le gramophone d'Oncle Edy est en miettes, ses chapeaux, ses outils, les livres de ma mère, nos habits, nos chaussures… Il ne subsiste qu'un récipient à pointes et à clous que je vide et que j'essuie soigneusement. Avec un clou, je déchire un morceau de mon tablier que je tends au-dessus du récipient et fixe avec un autre lambeau d'étoffe, puis je plonge le récipient dans l'eau jusqu'à ce qu'il se remplisse en faisant des bulles. Ainsi, je ne boirai pas trop de boue.

Ça me rappelle la fois où Oma Chouchou a failli se noyer dans la soupe, en s'endormant, le nez plongé dans son assiette. Les bulles qu'elle faisait éclater en respirant dans le bouillon nous ont arraché un fou rire, à Mutti et à moi. Aujourd'hui, je n'ai pas le cœur à rire.

En cherchant dans le trou plein de boue et sous le plancher, j'ai trouvé quatre bocaux couverts de moisissure. C'est tout. Et c'est tellement déjà. Ma mère avait raison de dissimuler nos réserves. Les soldats de Bürckel sont revenus pour emporter les bouteilles de brou de noix et de schnaps qu'Oncle Edy avait fabriquées, nous accusant de faire du marché noir.

Ils ont agité un avis d'expulsion sous le nez d'Oma Chouchou mais sont repartis sans mettre leurs menaces à exécution. Ils ont brisé la porte de la pièce au piano une deuxième fois, juste pour faire enrager ma mère, et ont décroché le béret d'Oncle Edy de la patère pour le brûler.

Après leur départ, Oma Chouchou s'est plainte de leurs sales manières de boches. Mutti a rétorqué que si elle cessait de parler français à tort et à travers, elle n'aurait plus d'ennuis. D'autant qu'au recensement, ma mère avait signé pour la famille, mentionnant que Chouchou et Anne-mie souhaitaient devenir allemandes. J'ai vu ma grand-mère pâlir, puis rougir, avant de hurler de rage et de menacer de nous jeter dehors. Mutti a regardé ma grand-mère avec dédain puis, sans jamais se départir de son calme, elle a répondu que nous étions toutes vivantes grâce à elle et qu'en ces temps difficiles, il valait mieux être des boches que des Juifs. Enfin, elle a rassemblé quelques outils et a entrepris de réparer la porte brisée de la pièce au piano.

Je soulève la chandelle au-dessus des bocaux, les ombres gigotent sur les murs. Il y a deux conserves de haricots, une de mirabelles et des cerises au kirsch. J'adore les cerises au kirsch, on dirait des bonbons qui piquent la langue et brûlent la gorge, j'en salive déjà.

Les choses ne vont pas si mal, j'ai de quoi manger jusqu'au retour de Mutti. Je m'autorise un sourire, histoire de profiter de ce bonheur minuscule avant de le ranger dans mes autres jardins pour le revivre, quand le soleil de ma rue fera éclore les fleurs au lieu d'abîmer les morts et que les herbes folles combleront les cratères. Ça ne peut pas être la guerre tout le temps.

12

Bien sûr, il y avait les bombardements, lointains, mais ils me faisaient penser à de violents coups de tonnerre. Bien sûr, il y avait les rumeurs, les affiches de propagande, les tickets de rationnement, les patrouilles et le couvre-feu, et nous manquions de cahiers et de crayons à l'école. En fait, nous manquions de tout. Mais je n'étais pas inquiète. Pourquoi l'aurais-je été ?

À la rentrée du 1er octobre 1940, l'Allemagne supervisait notre éducation et beaucoup de choses avaient été améliorées. L'institutrice avait été remplacée par Fraülein Birgit, qui nous faisait la classe en allemand, nous suivions de nombreux cours d'histoire – subitement, il fallait tout réapprendre. Nous étudiions des chapitres entiers de *Mein Kampf*, et de nouveaux livres, imprimés à Ludwigshafen, notre ville natale, nous ont été distribués. Il y était écrit que les Français et les Anglais nous avaient arraché la province de Lothringen – rebaptisée Lorraine – et qu'ils avaient humilié l'Allemagne lors du traité de

Versailles. À présent que notre beau pays était réunifié, nous devions lui consacrer notre vie entière, comme nos pères avant nous.

L'activité sportive qu'on exigeait de nous était plus intense et nous étions chargées de livrer du charbon avant l'hiver, de ramasser les doryphores au mois de juin, et de porter secours aux blessés tout au long de l'année.

Sur les murs de notre salle de classe étaient placardées de nouvelles cartes nous révélant la véritable géographie du monde et des affichettes expliquant qu'il fallait éviter les commerces juifs, tous corrompus, certaines détaillant la laideur des races différentes de la nôtre, et d'autres encore, vantant l'amour de l'Allemagne pour sa jeunesse lorraine. Notre drapeau était épinglé à côté d'un grand portrait de notre Führer. Chaque jour, nous saluions nos couleurs, évoquions la vie de M. Hitler, sa vision du monde et ses victoires.

Où que nous allions, nous devions arborer l'uniforme de la *Hitlerjugend* et cela me réjouissait. Mutti m'avait cousu un chemisier blanc assorti à ma jupe bleue, à ma veste et à mon nœud en cuir. Jamais je n'avais porté un si bel habit !

L'Allemagne avait étendu ses frontières pour nous englober en son sein, elle allait enfin nous protéger. Ici, je pouvais évoquer le divorce de ma mère. Il n'était pas question d'elle mais de moi, et de ce que j'allais accomplir.

Bien sûr, je taisais les projets de Mutti qui me voyait en secrétaire du Führer, toutes les filles de ma classe apprenaient à briller pour lui. Si je ne dévoilais pas les ambitions de ma mère pour mon avenir, je cachais également mon rêve d'être une artiste afin de ne pas être bannie ou, pire, forcée à écrire des textes que je ne voudrais pas écrire. Cela me contrariait mais j'étais apte à comprendre qu'en temps de guerre, tout n'est pas permis. Ma mère m'avait enseigné qu'il ne faut pas toujours dire ce qu'on pense, sous peine de ne jamais plus avoir l'occasion de le dire.

Le cancre de l'école s'était métamorphosé en première de la classe. J'écrivais le *Hochdeutsch* très correctement et je le parlais parfaitement, alors que la plupart, ici, ne s'exprimaient que dans un patois lent dont les mots semblaient mâchés par une bouche édentée.

J'avais souvent subi les moqueries, moi qui venais d'ailleurs, qui portais un uniforme rapiécé et des chaussures éculées, on m'avait craché dessus parce que je ne parlais que l'allemand. À présent, mes camarades de classe me courtisaient pour que je les soutienne en grammaire ou en cours d'économie domestique. Certaines auraient été prêtes à tout, même à écrabouiller Taches-de-rousseur et sa clique et à chiper leur cerf-volant si je l'avais demandé.

Du temps avait passé, nous étions en Allemagne et les garnements faisaient profil bas.

13

L'occasion que j'attendais s'était présentée un soir de juillet 1940. Conviée à l'anniversaire d'une camarade, Anne-mie ne rentrait que le lendemain, à cause du couvre-feu. Nous avions le champ libre.

Andy débordait d'imagination lorsqu'il s'agissait de fourbir les armes pour assouvir notre vengeance. C'était le complice idéal. Sur ses conseils, j'ai incisé l'écorce d'un bouleau et récolté la sève dans un pot à confiture tandis que, muni de gants de jardin, il entrelaçait des ronces auxquelles il fixa un rat crevé, piégé dans notre cave. Notre préparation achevée, nous avons caché le matériel dans le fossé, à l'endroit où l'orage avait emporté mon cartable, car cette fois, Dieu était avec nous.

Le soir, alors que chacun était rentré pour souper, Andy a récupéré le matériel puis s'est faufilé dans la cour du premier Français – il habitait presque en face de chez nous – et j'ai observé, depuis la fenêtre de la pièce au piano, la silhouette de mon ami badigeonner son vélo d'une belle couche de sève, collante comme de la poix.

Mon cœur battait fort, j'étais si inquiète que j'ai failli traverser la vitre pour le rejoindre. Mais Andy était un garçon courageux, débrouillard et il a rempli sa mission sans encombre.

C'est lors de sa tentative pour atteindre le troisième vélo, celui de Taches-de-rousseur, que les choses se sont compliquées.

Andy avait disparu de mon champ de vision depuis plusieurs minutes et, le jour baissant, je ne distinguais plus grand-chose. J'étais déjà dans la cuisine, prête à tout avouer à Mutti, quand j'ai entendu frapper à la fenêtre. Je me suis précipitée dans la pièce au piano, j'ai relevé le morceau de tissu bleu derrière lequel nous nous calfeutrions pendant le couvre-feu.

Andy avait collé sa figure de raton laveur au carreau. Ses lèvres écrasées ont articulé lentement, bavant sur le nuage formé par sa respiration : Viens, j'y arriverai pas tout seul.

J'ai longtemps patienté avant de m'extirper délicatement des draps. Le moindre grincement des lames de parquet interrompait la respiration régulière de ma mère et je restais un pied en l'air, comme suspendue à des fils invisibles, jusqu'à ce que les ronflements reprennent.

Andy s'était tapi sous la fenêtre de la cuisine, au pied des hortensias, là où nous avions enterré Sckrönch le hérisson, et il jouait dans le noir avec ses cailloux.

J'ai enfilé le gilet de Mutti, je me suis glissée hors de la pièce, j'ai traversé le couloir et je me suis faufilée dans le jardin. Comme je n'y voyais rien, j'ai posé ma main dans celle de mon ami.

Nous passerons par les jardins, a-t-il chuchoté.

Les maisons et les arbres étaient plus noirs que le ciel, lors de cette nuit sans lune, parfaite pour nos projets. Noir sur noir, mes pas n'hésitaient pas dans l'obscurité, j'étais avec Andy. Nous marchions vite, sensibles aux hululements des chouettes et au vol des chauves-souris, au bruissement du vent dans les feuilles et aux aboiements des chiens. Nous n'avions peur de rien. Ni des patrouilles ni des gens. Nul ne pourrait entraver nos projets. Dieu nous avait déjà assurés de son soutien.

Le jardin de la maison de Taches-de-rousseur était tout en long et le chemin que nous suivions, en sautant de barrière en palissade comme des cabris, nous a conduits vers un immense tunnel de tôle ondulée.

Quand je l'ai interrogé, Andy m'a répondu que le père de Taches-de-rousseur possédait une automobile et qu'il la cachait ici, de peur que les Allemands la lui confisquent.

Nous ne sommes pas des voleurs de voiture ! ai-je protesté en tendant mes mains croisées sous les pieds d'Andy, pour qu'il s'introduise dans le garage.

Quelques secondes plus tard, nous avons pénétré dans l'antre interdite et découvert une masse plus noire encore que le reste. L'automobile recouverte d'une bâche.

C'est une Citroën de 1920, a murmuré Andy, en attrapant ma main. Touche !

Il a fait courir mes doigts sur la carrosserie et le pare-brise, sur les chromes et les pneus. Ses yeux brillaient si fort que je pouvais les distinguer dans le noir.

Cette aventure nocturne m'excitait. Puisque Andy s'extasiait devant la machine et semblait avoir oublié le but de notre escapade, j'ai décidé de faire le tour du hangar, en quête du fameux vélo.

Le long de l'automobile, des établis regorgeaient d'outils et d'huile pour moteur. Je ne distinguais rien mais mes mains furetaient partout, elles étaient mes yeux. J'avais enfilé les gants de jardin pour éviter le contact des tic-tac et j'avançais sans peur, fouillant avec gourmandise dans cet endroit mystérieux.

Je trouvais amusant de reconnaître une pince, des clés, un marteau, des pointes, des limes, un étau. Tous ces objets auxquels Oncle Edy avait tenté de m'habituer, sans succès, devenaient soudain familiers et j'avais la sensation qu'il se tenait debout à côté de moi, fier de tout ce qu'il m'avait appris.

Je suivais, mélancolique, le crénelage des dents d'une scie, comme un signe à celui qui me manquait tant, lorsqu'une voix qui n'était pas celle d'Andy s'est élevée dans l'obscurité.

Qui est là ?

Je suis restée immobile, le souffle court, le cœur repoussant mes côtes.

À l'autre bout du tunnel, Andy tournait autour de la Citroën et moi, j'étais à l'affût du moindre murmure.

Rien n'a troublé le silence.

N'y tenant plus, j'ai chuchoté : C'est moi, et toi, t'es qui ?

Ce n'était pas un fantôme ou un mirage. La voix a répondu après une hésitation presque palpable.

– Je suis Gaspard. Vous êtes des voleurs ? Vous allez me tuer ? Vous... vous êtes des Allemands ?

– T'es idiot ! ai-je rétorqué. Les Allemands ne mangent pas les enfants.

– C'est pas ce qu'on raconte...

– Qu'est-ce que tu fiches ici ? Tu prépares encore un mauvais coup ?

J'ai avancé mes mains, mes doigts ont reconnu les contours d'un poulailler en bois et grillage. Derrière, un garçon que je soupçonnais fort d'être Taches-de-rousseur était accroupi dans un coin, sur un tas de couvertures.

Mon esprit bouillonnait de tout ce que je pourrais bientôt lui faire endurer.

– Alors ? Tu réponds pas ? Pourquoi t'es là ?

– C'est mon père, a-t-il soufflé. Je me cache parce qu'il est devenu fou.

– Alors tu ne devrais pas rester ici.

– Quoi, tu veux que je me planque avec des fritz ? Jamais !

– Arrête de dire fritz. D'abord, c'est méchant, et en plus, t'es allemand, toi aussi.

– Va-t'en, je te déteste !

– Mais pourquoi ?

– J'en sais rien.

Mon désir de vengeance s'est évanoui, j'ai tenté de le rattraper, je ne voulais pas qu'il me quitte. Il me permettait de tenir debout. Pourtant, j'ai tourné les talons, fâchée de ressentir de la peine pour ce garçon.

J'ai rejoint Andy à tâtons et tandis qu'il caressait la calandre de sa belle Citroën, je me suis discrètement glissée dans l'habitacle et j'ai enduit les sièges, le volant, les cadrans d'un mélange d'huile de moteur et de sève. Puis j'ai enroulé les ronces autour du volant et suspendu le rat crevé au rétroviseur.

J'ai marché courbée en deux vers la sortie et j'ai supplié Andy – prétextant un soudain mal de ventre – de me raccompagner chez moi au plus vite. Il n'était pas question qu'il s'aperçoive du sacrilège.

– Tu t'es occupée du vélo ?

– Ben oui.

C'est la seule fois que je lui ai menti et il ne l'a jamais su.

Maintenant que j'y pense, ça me cloue de chagrin. Je ne pourrai jamais lui demander pardon.

14

En fouillant les gravats à la recherche de nourriture pour ma petite poule, je songe que mon ami Andy m'attend au paradis des catholiques et que moi, je n'en connais pas le chemin. Comment vais-je le retrouver ? Devrai-je attendre le Jugement dernier ? Et Cosette ? Pourra-t-elle venir avec moi ? Et là, que va-t-elle manger ? Les tic-tac ? Il le faut, car si elle est affamée, elle risque de se jeter sur des souris ou des rats et se rendre malade. M. Basler, le fermier, affirmait que son estomac était fragile. Moi, je pense qu'elle était traumatisée, Cosette. Quand sa mère a fini ses jours, ficelée dans la marmite avec une botte de poireaux, elle était encore poussin.

Remuer les pierres et fixer le halo qui avance en grelottant avec moi ne m'apporte ni réponse ni nourriture pour Cosette. Alors je commence à empiler un tas d'objets inutiles qui pourraient devenir utiles, des bouts de lanières en cuir, des chiffons, un vieux pneu, un bout de bois pointu…

Ma langue est couverte de sable et de cendre. Je bois quelques gorgées rouge orangé et j'en verse à ma petite poule dans le couvercle d'une boîte à gâteaux. L'eau glacée a le goût du sang.

J'ai si mal au ventre que je reste longtemps recroquevillée, les bras serrés autour de ma taille. La bougie faiblit, elle est aussi épuisée que moi.

Quand la douleur s'estompe, je me mets en quête de deux planches que je dispose de chaque côté du trou où nous cachions les conserves, puis je recouvre le tout avec le plateau brisé de mon pupitre. Cette installation sommaire ressemble aux latrines de la cabane du jardin, sauf qu'ici, il n'y a pas de copeaux de bois. À l'aide d'une vieille brosse, je récupère de la poudre de charbon et de la cendre dans le couvercle défoncé du stérilisateur, ça fera l'affaire.

Mes cahiers d'école sont détrempés. Je sauve un crayon mine en graphite et un gros tas de journaux qui sentent le moisi. Je garde les plus secs pour me tenir chaud, les autres, je les entasse près des cabinets que je viens de fabriquer.

Lorsque j'ai achevé de m'installer, j'enveloppe mes jambes et mes pieds avec du papier journal puis je pose un tricot sur mes épaules et un autre sur ma tête. Je m'allonge sur la couchette de Mutti, ma petite poule contre mon cœur.

Juste avant que la bougie s'éteigne, je jette un dernier regard à mon univers dévasté. Des ombres longent ce qui reste des murs, les rats aussi sont affamés.

Il n'y a pas très longtemps, Mutti a échangé un tableau contre des pommes et du chocolat et je me souviens combien j'ai trouvé la pièce vide, après ça. J'aimais m'effrayer de cette peinture, douillettement installée entre les bras d'Oncle Edy. Sur cette grande toile figurait une femme en robe longue, prisonnière de sa cave.

Des rayons du soleil se faufilent entre les barreaux des lucarnes et dardent sur son visage une lumière blanche veinée de noir, ses grands yeux bleus fixent les rats qui se lancent à l'assaut de la table où elle s'est réfugiée. De l'eau envahit la cave par les ouvertures à charbon, grise, tourbillonnante, et de longues coulées noirâtres maculent les murs plongés dans l'ombre.

Jamais je n'aurais imaginé qu'un jour, je me trouverais à sa place.

Je n'ai ni sa jolie robe ni ses cheveux longs – Mutti a vendu les miens à la sage-femme du village et depuis, les gens me surnomment Rapunzel.

Je n'ai même plus mon pupitre pour grimper dessus.

Mais j'ai l'eau glacée, la cave et les rats.

15

Aux cours de politique, Fräulein Birgit, notre nouvelle institutrice, préférait nous enseigner le dessin et le maniement des couleurs. Comme il restait peu de peinture, nous travaillions l'aquarelle. Et pour ne pas risquer d'être fusillée, Fräulein Birgit nous demandait de copier le portrait de notre Führer ou le drapeau nazi. Seules les plus douées se risquaient à croquer M. Hitler, les autres se contentaient de reproduire fidèlement, sur un fond rouge, le rond blanc et la croix gammée. J'étais l'une d'elles.

Je savais, pour l'avoir lu dans *Mein Kampf*, combien notre Führer avait travaillé dur pour choisir l'emblème de son parti, alors, je m'appliquais.

Dès que la directrice, Frau Seipel, entrait dans la salle de classe, le visage de Fräulein Birgit se crispait – je crois qu'elle détestait vraiment M. Hitler et les nazis mais qu'elle aimait s'occuper de nous. Raides comme des piquets, nous lâchions nos pinceaux et sautions sur nos pieds, pour saluer notre grande

Allemagne en criant *Heil Hitler !*, et celles qui pouffaient étaient exclues de l'école car nous devions, en toute occasion, être respectueuses de l'autorité de notre Führer.

Depuis quelques mois, l'ambiance de la rue se détériorait et nous soupçonnions les hommes de Bürckel d'y être pour quelque chose. Après les Français, les Juifs subissaient de nombreuses brimades. On leur confisquait leur vélo, leur voiture, leur poste de radio et tous leurs appareils électriques, on leur interdisait l'accès à la plupart des commerces, et dans le village, de nouvelles affiches nous expliquaient qu'il fallait se débarrasser de ces parasites.

Je n'aimais pas contredire les décisions de M. Hitler, j'imaginais aisément combien il est compliqué de diriger un grand pays comme le nôtre, mais je ne comprenais pas pourquoi nous devions être aussi sévères avec les Juifs. Ils ne faisaient pas de pires Allemands que ces Français qui nous haïssaient.

Cette malveillance s'est muée en haine et cette haine a enflé jusqu'à ce que des hommes accompagnés de soldats expulsent les Juifs qui n'avaient pas voulu quitter leur maison.

Je me souviens du prénom de deux d'entre eux, Lilia et Ada. Nous partagions un coin de bitume, rue du Soleil, pour jouer à la marelle. Elles se fichaient de ma nationalité allemande, je me fichais des histoires de religion et de race dont on nous rebattait les oreilles. Pourtant, quand ils sont venus les chercher, je n'ai rien dit, je n'ai rien tenté pour les empêcher, Mutti me l'avait interdit.

Il n'était pas convenable pour une jeune fille allemande de tendre la main à des Juifs. Pour me convaincre, je n'avais qu'à poursuivre la lecture de *Mein Kampf* au lieu de me borner à relire les premiers chapitres. Après tout, la future secrétaire du Führer devait embrasser ses idées.

La nouvelle du départ de Lilia et Ada a mis ma mère dans une colère noire : Encore des privilégiés ! Ils sont conduits dans des camps de travail où ils auront plus à manger que nous toutes réunies. Fonctionnaires, Juifs, tous les mêmes ! C'est insupportable à la fin !

Elle était si furieuse que je me suis réfugiée de longues heures dans l'abri à bois pour échapper à sa colère. En sortant, j'ai trouvé Mutti devant les fourneaux, guillerette ; elle confectionnait un strudel.

Ma mère avait profité du désarroi de la vieille Juive d'à côté pour lui extorquer les napoléons sur lesquels elle lorgnait depuis des mois. Alors que la voisine en voulait sept cents francs chacun, Mutti s'est fâchée, a mordu les pièces en lui montrant la trace de ses dents, et lui a expliqué qu'une mauvaise qualité pareille, ça ne valait pas plus de trois ou quatre Reichsmarks. Mutti a emporté le tout.

Nous n'avons jamais revu cette dame, mais nous avons bien mangé pendant des mois, grâce à ses napoléons.

Parmi les Juifs qui ont disparu, il y a M. Mimram, le libraire qui m'a initiée aux contes de Grimm, le dentiste Gabriel, notre voisine, le cordonnier aux doigts tordus dont j'ai oublié le nom, et tout un tas de gens que nous croisions sans leur parler.

Depuis, dans le village, la haine s'est dégonflée, comme une baudruche qui encombrait les cœurs, pour laisser un vide immense. Une angoisse, une peur qu'aujourd'hui encore, j'ai peine à oublier.

16

Tandis que certains avaient dû abandonner leur maison pour partir loin de chez eux, que d'autres prenaient de drôles de trains sans retour, je mangeais à ma faim, j'allais à l'école avec plaisir et je passais deux jours par semaine (mercredi et samedi) avec les *Jungmädel*. À la rentrée de 1943, j'ai été admise à la *Bund Deutscher Mädel*. J'en rêvais.

À l'école, nous nous cultivions ; à la BDM, tout était entrepris pour que nous devenions de parfaites jeunes filles allemandes, de celles qui ne seraient pas quittées pour une négresse, de celles qui sauraient tenir une maison et garder un mari. Nous suivions des cours de chant, de danse, de gymnastique pour avoir un corps parfait et musclé, mais aussi des cours de couture, de cuisine, nous faisions des randonnées, nous apprenions à nous construire un abri avec des branches, à distinguer les baies comestibles des fruits empoisonnés.

Mais nous étions aussi soumises à une discipline stricte où notre capacité d'entraide, notre fidélité à notre beau pays et l'esprit de sacrifice des plus âgées d'entre nous étaient sans cesse mis à l'épreuve, surtout lors des rencontres avec nos soldats.

Quand le campement était éloigné du village, nous partions pour deux jours. Nous nous levions à l'aube, Mutti me préparait un change et un panier de pique-nique, et m'accompagnait à l'école où nous hissions la bannière avant de nous lancer sur les chemins en chantant *Uns geht die Sonne nicht unter*[1], la main dans celle de notre voisine, l'autre serrée sur l'anse de notre panier.

Nous parcourions ainsi des kilomètres, sans nous en apercevoir, il nous fallait du courage, les ampoules brûlaient nos plantes de pieds mais nous serrions les dents. Il n'était pas question que l'une d'entre nous se plaigne. Nous étions cultivées, sportives et braves, et nous offrions à tous une image éblouissante.

Les soldats nous attendaient avec impatience, nous étions leurs petits rayons de soleil. Ils applaudissaient à notre venue, avant que nous ayons commencé à chanter et après, leurs applaudissements résonnaient sur le chemin du retour.

Les plus âgées avaient pour mission de se glisser sous les tentes pour consoler les hommes. Certaines en ressortaient rayonnantes et fières, d'autres en larmes, les cuisses serrées, mais nous les regardions toutes avec envie, désireuses d'être nous aussi, un jour, un baume sur le cœur de nos pauvres héros. Il n'était pas question de refuser ce privilège, les plus hardies chuchotaient que de toute façon, nous

1. « Pour nous le soleil ne se couche jamais. »

n'avions pas le choix. Les insoumises seraient arrêtées, emprisonnées, et la honte s'abattrait sur leur famille.

Le soir, nous nous réunissions autour d'un feu de camp pour une soirée entre copines. Nous chantions et discutions de notre Führer, de l'Allemagne et de nos ambitions pour elle, avant d'amener la bannière et de nous coucher sous de grandes tentes ou dans de vastes dortoirs.

On nous réveillait à l'aube pour une demi-heure de sport puis nous faisions notre toilette et rangions le camp. Ensuite, seulement, il y avait le salut au drapeau et le petit déjeuner. Après une journée de cours de politique, d'enseignement domestique ou de course d'orientation dans la forêt, nous reprenions la route en chantant.

Durant cette période, Oma Chouchou m'a chargée à trois reprises de déposer du courrier dans les villages que nous traversions. J'avais pour consigne de ne jamais en parler à Mutti, elle aurait étranglé ma grand-mère, et de ne pas me faire attraper par la directrice de la BDM, elle m'aurait fait fusiller.

J'obéissais à Oma Chouchou parce qu'elle savait exactement comment s'y prendre pour me convaincre.

La première fois, j'ai obtenu du chocolat que j'ai eu la permission de ne pas partager avec Anne-mie, ce qui n'arrivait jamais. La deuxième fois, j'ai eu de jolis rubans pour nouer mes cheveux, ma cousine en est restée verte de rage pendant des jours, et la dernière fois, une robe magnifique. Tu recevras une raupe, disait Oma Chouchou. Une pien cholie raupe avec des froufrous !

Ce samedi-là, nous étions moins nombreuses. Certaines de mes camarades avaient quitté la région précipitamment à cause des rumeurs. Des soldats américains traversaient en ce moment l'Atlantique pour nous massacrer, nous, ces sales boches d'envahisseurs.

Je croyais en la puissance de notre Führer. Je le trouvais piètre écrivain, je n'approuvais pas toutes ses idées, mais je lui faisais confiance. Qui mieux que lui pouvait nous protéger ? Or l'idée que les *Amis* viennent de si loin pour aider les Français et les Anglais à nous voler encore notre chère Lothringen m'angoissait.

Oma Chouchou m'avait expliqué que je devais discrètement quitter les rangs avant d'arriver sur place, faire un crochet par le calvaire, redescendre dans la vallée, suivre une petite route sur deux kilomètres, et déposer le courrier à l'épicerie du premier village que je croiserais. L'homme qui réceptionnerait la lettre ne pourrait me raccompagner à l'entrée du camp où nous allions chanter mais il m'en approcherait suffisamment pour que je puisse rejoindre mon groupe à temps et dire que je m'étais perdue.

Cela paraissait simple.

Sauf que le village où je devais me rendre était désert, les commerces avaient brûlé et des hommes de la Wehrmacht patrouillaient dans les rues.

J'étais plantée au milieu d'un carrefour, idiote, incapable de fuir, quand ils m'ont repérée. Je me suis mise à geindre que je ne pourrais pas chanter pour mes soldats car je m'étais égarée, alors que la lettre glissée contre ma poitrine brûlait ma peau. L'étoffe de mon uniforme devenait transparente et tout le monde s'apercevait de ma traîtrise.

Je les ai suppliés de ne pas me fusiller. J'étais prête à leur faire toutes les caresses, mêmes celles qui donnent mal au ventre.

Les soldats ont ri, m'ont soulevée de terre comme si je ne pesais rien, et m'ont installée dans un de leurs véhicules en m'ordonnant de chanter.

Alors j'ai chanté pour eux, de toutes mes forces, je tremblais de partout mais je chantais *Des Dritten Reiches Morgenrot* [1], en maudissant Oma Chouchou et sa cholie raupe. Quelques minutes plus tard, ils chantaient avec moi, leurs visages maigres aux traits tirés s'étaient illuminés.

Les soldats m'ont déposée à l'entrée du camp où mes camarades pique-niquaient en attendant de se produire devant les troupes, l'un d'eux a même déposé un baiser sonore sur ma joue.

Je suis arrivée en héroïne, le cœur lourd et les genoux faiblards. Mes camarades m'ont accueillie avec des rires de soulagement. Elle craignaient que j'aie été enlevée par des ennemis et torturée à mort. C'est ce que n'importe quel Français nous ferait s'il nous capturait.

---

1. *L'Aube du IIIe Reich*, chanson tirée du livret *BDM Sonderausgabe.*

J'ai à peine touché à mon déjeuner, je ne songeais qu'à me débarrasser de cette lettre maudite et à rentrer dans ces rangs que j'avais déjà trahis deux fois.

De retour à la maison, j'ai brûlé la lettre dans le fourneau et j'ai menti à Oma Chouchou pour recevoir ma cholie raupe. Que je n'ai jamais eu l'occasion de porter. Les Alliés ont libéré Paris. Puis leurs bombes nous ont englouties, ma mère et moi, sous notre maison.

17

Le bocal de haricots verts est encore plus appétissant que les friandises du monde entier. Il résiste, je dois employer toute ma force pour percer le caoutchouc avec un clou, et quand j'entends le sifflement de l'air et le clac du couvercle, j'en ai l'eau à la bouche et aux yeux.

La première bouchée est divine et à chaque bouchée suivante, le bonheur coule à l'intérieur de moi. Mes doigts saisissent les haricots avec avidité. Je n'ai qu'une envie, calmer ces douleurs qui tordent mon estomac depuis des jours.

Dans ma goinfrerie – on dirait Sckrönch, mon regretté hérisson – je sauve tout de même quelques haricots pour Cosette, qui les picore sans entrain.

Dès le début de la guerre, Mutti m'a appris à gérer les stocks et à quitter la table avec la faim au ventre. Ce qui compte, disait-elle d'un air sévère, ce n'est pas d'être rassasié, c'est d'avoir assez de force pour courir vite. Et quand elle rapportait du chocolat ou du beurre, nous en parlions durant des semaines. Le souvenir des bonnes choses suffisait, pour quelque temps, à nous satisfaire.

Certains jours, Mutti et moi avions tellement faim que nous regardions Cosette en salivant. Ma mère me servait un grand verre d'eau avec un peu de jus de betterave et j'oubliais un temps mon estomac.

Ma petite poule s'attachait à nos pas, comme si elle savait que jamais elle ne finirait dans la marmite avec des poireaux. Quand l'alarme faisait trembler les murs, elle courait dans nos jambes, manquant de nous faire chuter dans l'escalier. Ce n'est pas une poule ordinaire, disait Mme Basler, elle a un don, elle se lie à la personne qui prend soin d'elle et ne la quittera que lorsque la mort l'emportera. Mutti pensait que toutes ces histoires, c'étaient des fadaises.

De mon côté, j'avais décidé de croire ce que je voyais, or je vivais avec une petite poule que j'enfermais dans la pièce au piano pour qu'elle ne me suive pas dans le village, où elle risquait d'être kidnappée pour être dévorée.

Quelques minutes avant mon retour de l'école, elle tapait du bec contre la porte, Mutti la libérait, et Cosette courait à ma rencontre. Elle restait à la hauteur de chacun de mes pas et, souvent, nous allions jouer dans le jardin avec Andy en attendant l'heure du dîner.

À présent que le bocal est vide et que j'ai aspiré la dernière goutte de jus, je me sens honteuse et coupable de gourmandise. Mutti affirmait que si on assume ses fautes et qu'on demande pardon à Dieu, alors il a pitié de nous.

Vite, je dois prier.

J'essuie mes lèvres dégoulinantes avec la manche de mon tablier et je m'agenouille devant le tas de gravats qui bloque l'entrée de la cave.

« Lieber Gott, mach mich fromm, dass ich alles was ich will bekomme[1]. »

Ma prière achevée, je vomis.

Je n'aurais pas dû boire le jus des haricots, c'est beaucoup trop salé.

Quand j'ai fini de me soulager, je filtre de l'eau dans le bocal pour chasser ce goût acide dans ma bouche. Je fais ça accroupie dans un coin, en grelottant de froid, fâchée de ma stupidité et de mon impuissance.

Cette sensation pèse encore sur mon cœur quand je me pelotonne sous les lainages. Cosette s'approche en avançant le cou à sa drôle de manière, elle tourne la tête, roule des yeux et picore mes doigts.

Ma mère me manque. J'essaie de me souvenir de son visage, mais il ne me reste d'elle qu'une sensation, l'écho de sa voix, l'ombre de ses mains qui écrasaient les tic-tac.

---

1. « Cher Dieu, rends-moi pieuse, que je reçoive tout ce que je désire. »

18

À l'annonce de l'ordre d'évacuation, le 1er septembre 1939, le visage de Mutti s'est éclairé. C'est la première fois que je la voyais sourire depuis le départ d'Oncle Edy, qui nous avait quittées dix jours auparavant. Enfin ! s'est-elle écriée. Hitler arrive ! Notre Führer vient nous sauver !

Je ne comprenais pas de quoi M. Hitler devait nous sauver, mais je soupçonnais ma mère de penser que la vie au village serait bien plus agréable sans les Juifs, les porcs et ces salopards de Français qui nous traitaient de fritz ou de putains boches, selon qu'ils étaient jeunes ou vieux.

En quelques heures à peine, la panique a enflé et s'est propagée de toits en ruelles à la vitesse d'un incendie. Postée au sommet de la rue du Soleil, j'ai vu des gens abandonner leur maison, valise et enfants à la main, des fermiers quitter leur exploitation en laissant derrière eux les poules, les vaches et les moutons.

Des files de petites silhouettes, ployant sous le poids des bagages, jaillissaient des bâtiments et envahissaient les rues, comme autant de fourmis. En quelques heures, les routes et les places du village étaient noires de monde, des gens criaient, certains s'accrochaient aux voitures et aux charrettes, au risque d'être écrasés, d'autres faisaient tomber les vélos. Malgré l'interdiction que j'avais de quitter le quartier, je me suis précipitée à leur suite, j'ai marché, couru avec eux, fascinée par le chaos ambiant.

Les femmes pleuraient, les hommes hurlaient, d'autres se tenaient par la main et avançaient, les mâchoires tremblantes et le visage sombre. Moi, je gambadais au milieu d'autres gens, dans un monde irréel, beaucoup riaient, observaient incrédules leur vie entassée dans quelques sacs. Notre rue était jonchée de jouets, de vêtements piétinés, d'enfants perdus et de chiens errants, et les murs étaient couverts d'affichettes blanches annonçant la mobilisation générale pour le 2 septembre à zéro heure.

Le village entier se vidait – les commerçants fermaient leur rideau de fer ou leurs volets colorés – pour se concentrer sur la route de Pont-à-Mousson ou vers la *Hauptbahnhof*, trop exiguë pour contenir tout le monde. Elle débordait comme les égouts un soir d'orage, les gens tourbillonnaient, les chevaux se cabraient devant les voitures et les vélos, les bouches tordues prédisaient des massacres, crachaient des mots dont j'ignorais le sens, et les yeux grands ouverts reflétaient une peur étrange.

Les Allemands allaient envahir nos rues, nos maisons, voler nos biens, violer et découper les femmes et dévorer les nourrissons. Il fallait fuir. La folie prenait les plus sots comme les plus sages, j'ai vu

M. Norbert, le boucher aux ongles rongés et aux doigts boudinés, bousculer femme et enfants. J'ai vu le curé courir en soulevant sa soutane, le père de Taches-de-rousseur, hagard, traînant sa femme, elle-même traînant son fils comme un sac, Gaspard qui pleurait, en traînant son cerf-volant multicolore derrière lui.

Je ne leur ai pas jeté de cailloux mais leur panique gonflait mon cœur de joie. À cause d'eux, j'avais eu peur moi aussi, honte d'être allemande.

C'est à ce moment qu'une main a pris la mienne.

Andy m'avait cherchée partout, il voulait qu'on aille sur le quai pour les regarder s'enfuir. Ses parents n'avaient pas peur des Allemands. Ils étaient vétérinaires, parfaitement bilingues, leurs parents nés en Lorraine annexée n'avaient jamais quitté la région, et ils avaient décidé de rester, comme eux, pour s'occuper des animaux de la ferme Basler. Et des gens comme nous.

Pour appuyer ses propos, Andy m'a montré du doigt le médecin du village. Regarde, Rosy, regarde-les, on dirait des lapins ! Le docteur Bourgeois était au volant de son automobile toute noire qui servait de corbillard pour les gens riches, il klaxonnait furieusement, débordé par une foule accablée. Le toit de sa voiture était recouvert de malles et sa femme et ses enfants, entassés à l'arrière, avaient la mine défaite.

Nous avons rallié la gare en longeant les rails.

Je me souviens des cris, du claquement des sabots, des plaintes et des larmes sur le quai, des gens au regard perdu qui portent les valises, de tous ces corps qui se pressent contre moi et me bousculent, puis le sifflement du train qui s'ébranle, les mains qui s'agitent par les fenêtres des wagons. Les adieux.

Andy s'est élancé vers la locomotive, moi sur ses talons. Aux commandes du monstre noir, j'ai reconnu M. Théodore, les joues et les mains sales de charbon. Autour de moi, il y avait tant de monde, tant de bruit. À quelques mètres seulement, un groupe d'hommes.

Je me suis précipitée vers eux, je les ai questionnés et ils m'ont appris que ce train allait à Nancy.

Pourquoi ? N'y aura-t-il pas d'Allemands là-bas ? j'ai encore demandé et ils ont ri. Il y a ce qu'il faut ici, la Gretchen !

J'ai fait volte-face et je me suis enfuie comme si le feu me poursuivait.

Dans les rues vides, les animaux errants, des valises éventrées, des papiers qui volaient et des enfants en pleurs. Un silence étonnant.

Comme un silence de fin du monde.

La fin du monde n'est pas arrivée avec les Allemands. Ils sont venus dans de belles autos noires et sur leurs motocyclettes, et ils ont accroché leur drapeau au fronton de l'hôtel de ville en jouant de la musique. Ils ont pris les administrations, ont distribué des tickets de rationnement à ceux qui étaient restés, se sont occupés des animaux et des vieillards abandonnés, ils ont préparé les champs pour l'automne, ont récolté les fruits dans les vergers désertés et la vie a poursuivi son cours.

Le train pour Nancy, bloqué par les convois militaires, a été forcé à faire demi-tour après avoir stationné en plein champ durant deux jours, sous un soleil de plomb. Dommage, si seulement ils avaient eu des ballons dirigeables… N'ont-ils pas lu Jules Verne ? Les écrivains ne servent-ils donc à rien ?

Plus tard, il s'est raconté que des gens s'étaient battus, certains avaient fui le long de la voie, d'aucuns en avaient détroussé d'autres. Les fugitifs avaient été contraints de finir à pied ou de retourner chez eux.

J'apprendrais que le père de Taches-de-rousseur, devenu fou après avoir vu sa femme happée par un convoi militaire, avait, de l'hiver à l'été suivant, obligé Gaspard à veiller sur la Citroën, c'est pourquoi j'étais tombée nez à nez avec lui dans le tunnel.

Quelques jours après notre vengeance, il n'en restait qu'un tas de tôles fumantes. J'ai eu si peur d'avoir tué Taches-de-rousseur que je me suis précipitée à l'église. C'était la première fois que j'entrais chez les catholiques pour faire autre chose que voler des chandelles.

La bonne du curé qui n'avait plus de curé m'a expliqué que Gaspard avait été envoyé chez sa tante, dans le Limousin, après que son père a tenté de se tuer et de le tuer avec lui. M. Théodore, le cheminot, avait accepté de faire passer Gaspard en zone libre dans son tender, un wagon spécial avec des réservoirs d'eau dans lesquels on pouvait cacher des gens. Gaspard avait quitté notre village, seul, mouillé jusqu'au cou.

Ceux qui sont rentrés quelques jours plus tard ont retrouvé leur maison, où rien n'avait bougé. Pour ceux qui avaient si peur des Allemands qu'ils ne sont rentrés qu'au début de l'été suivant, rien n'avait changé non plus, ou si peu.

M. Théodore est devenu Herr Theodor, le docteur Bourgeois, Herr Bürger, comme quelques autres riches, il a dû se trouver une autre maison, la sienne plaisant beaucoup à l'officier de la Wehrmacht qui avait besoin de place pour installer ses bureaux, les drapeaux allemands couvraient les vitrines des commerces. Et le nom des rues. Dorénavant, nous habitions Sonnestrasse, 32. Mais qu'il soit français ou allemand, notre soleil brillait toujours pareil.

19

Ici, le soleil ne brille plus.

Ici, il fait froid, je me soulage dans un trou, je bois dans mes mains, je ne peux pas me laver, je suis seule, je ne sais pas quoi faire pour qu'on vienne enfin me chercher. J'ai crié, j'ai prié, j'ai même pleuré, alors qu'une jeune fille allemande doit être brave tout le temps.

Que me reste-t-il, sinon me souvenir des choses simples auxquelles je ne prêtais pas attention avant, et espérer qu'un jour, je les retrouverai ?

Je rêve d'un verre propre, de couverts, d'habits au parfum de lessive, je rêve de regarder les fleurs qui s'ouvrent le matin, de voir le jour se lever, les haricots grimper aux rames, courir la trotteuse de l'horloge, je rêve de sentir les linges tièdes que ma mère me préparait quand j'allais me soulager, l'odeur du pain chaud, les câlins d'Oncle Edy et sa main dans la mienne. Je rêve d'entendre les éclats de rire d'Andy, la voix de ma mère, Oma Chouchou qui joue la *Sonate au clair de lune* et le clapotis de l'eau dans le baquet à lessive.

Je donnerais tout pour m'y blottir encore alors que je n'avais qu'un vœu, qu'il disparaisse à jamais pour que je puisse enfin prendre un vrai bain.

Avant d'arriver en France, je n'avais jamais vu de baignoire. Mutti m'avait expliqué que peu de gens en possédaient, que c'était luxueux et réservé à un petit nombre de privilégiés. Je sentais que le sujet l'agaçait, alors je n'insistais pas. C'est vrai que c'était injuste. Je n'avais jamais pris garde aux différences qui séparent les gens, je me fichais des privilèges des autres, jusqu'au jour où les soldats ont tout cassé dans notre maison. Jusqu'au jour où le baquet à lessive où je me lavais est devenu trop étroit.

Quand je me redressais pour m'essuyer, mon derrière restait coincé et je provoquais une inondation. Heureusement, Mutti s'arrangeait pour tout éponger avant qu'Oma Chouchou remarque les dégâts.

Anne-mie, elle, passait des heures à chantonner dans la baignoire, à jouer avec les bulles de savon tandis que je l'épiais à travers le trou de la serrure. L'eau de son bain était produite par un chauffe-eau en cuivre, alimenté par un foyer où ma mère jetait les bûchettes que nous avions triées avec Oncle Edy, et elle s'écoulait par un très joli robinet en cuivre, lui aussi.

Dans la baignoire, Mutti jetait du thym, de la mélisse et des morceaux de savon noir et elle disposait de grandes serviettes sur le chauffe-eau pour qu'elles tiédissent. J'en rêvais. Maintes fois, j'ai demandé à Oma Chouchou l'autorisation de me baigner avec Anne-mie, après tout, c'était comme dans les bras d'Edy, il y avait de la place pour deux !

Si Chouchou a fini par admettre que nous pouvions partager la baignoire, ma cousine n'a jamais accepté, malgré mes nombreux stratagèmes pour la convaincre. Je lui offrais des pommes, chapardées dans les jardins voisins, ou lui proposais de lui révéler le sens du mot zizi – qu'Andy s'était chargé de m'expliquer – mais elle rétorquait, pas question, avec ce regard fourbe qu'elle et Oma Chouchou avaient en commun.

Un jour, alors que j'insistais, Anne-mie a hurlé que je lui avais volé son père et qu'à cause de moi, il ne l'aimait plus ! Je me souviens avoir songé qu'elle était devenue folle, puis j'ai haussé les épaules et j'ai répondu qu'elle n'avait qu'à passer plus de temps avec nous au lieu de jouer du piano. Ma cousine a secoué ses anglaises et m'a traitée de sale boche. Je l'ai giflée, j'ai passé une journée entière dans l'abri à bois avec *Mein Kampf*, et je n'ai plus abordé le sujet.

Le hasard et la providence m'ont permis de prendre un bain quelques mois plus tard, alors que je n'espérais plus.

Oma Chouchou ronflait dans ses appartements et Anne-mie répétait ses gammes. Mutti a allumé le feu dans la salle de bains, elle a relevé mes cheveux, les a brossés, puis elle a fait couler l'eau dans la baignoire en posant son index sur ses lèvres.

J'ai compris que cette fois, c'était mon tour.

Je me suis glissée dans l'eau chaude avec délice, j'ai regardé ma peau plisser et ramollir, j'ai fermé les yeux, plongé mon visage dans la mousse, ça m'a fait frissonner de la tête aux pieds, j'ai caressé mes bras en songeant qu'Andy était devenu beau, j'ai rêvé qu'on s'embrassait, j'ai aspergé les murs, tué une tic-tac en l'éclaboussant et, quand Mutti m'a conseillé de me sécher rapidement car c'était l'heure du bain d'Annemie, j'ai fait pipi dans l'eau.

20

Un cauchemar m'a réveillée. Des gens creusaient au-dessus de moi, ils m'appelaient et j'étais incapable de leur répondre. Ma bouche était emplie de terre, mes lèvres cousues et d'énormes tic-tac m'épiaient à travers tous leurs yeux. Quand j'ai ouvert les paupières, j'ai hurlé si fort que Cosette s'est enfuie dans un bruissement d'ailes. J'ignore si j'ai dormi longtemps, si c'est le jour ou la nuit, le matin ou le soir, aucune lueur ne se faufile entre les pierres, rien ne vient troubler le silence. Le soleil est tombé sur notre maison le mardi 7 novembre 1944, c'est tout ce que je sais.

Il doit geler dehors. J'ai ajouté une couche de papier journal autour de mon ventre et de ma poitrine et j'ai stocké de l'eau que j'ai filtrée dans le couvercle de la lessiveuse. On ne sait jamais.

À présent, mes doigts frottent la terre du mur, mes doigts gourds à cause du froid, à vif à force de gratter les pierres. C'est comme s'ils ne m'appartenaient plus. Parfois, ils effleurent une tic-tac, s'arrêtent le temps d'un souffle et reprennent leur labeur acharné. C'est bien après, quand j'essaierai de m'endormir, que le souvenir du contact redouté me paralysera de frayeur.

Peu m'importe. Mutti cachait ses affaires dans cet endroit et je veux les récupérer. Peut-être y trouverai-je d'autres bougies, de quoi nettoyer mes plaies et quelques graines pour Cosette. Elle est si fatiguée.

Mes mains s'acharnent, encore et encore.

Je suis lasse mais je sonde chaque pierre, chaque fissure, chaque recoin autour de la couchette. Mes doigts s'agacent sur le mur, suivent les contours irréguliers et poisseux d'épaisses toiles d'araignées, et font tomber le salpêtre à la tête de la couchette. Enfin, une grosse pierre se descelle. Je glisse mes doigts entre les interstices et je la retire du mur.

J'approche la bougie près de l'ouverture. La niche ainsi révélée renferme un sac en toile couvert de sable et de cailloux, le trésor de ma mère.

Le sac renferme une grande boîte à savon en sapin qui sent la violette. La plupart des inscriptions sont effacées mais, sous la poussière, je distingue la silhouette d'un chat réalisée à la pyrogravure. Fébrile, je m'assieds, la boîte sur les genoux. Mes mains caressent le bois, mes doigts hésitent à défaire le petit crochet qui la maintient fermée. J'ai tant d'espoir.

Je récite un *Lieber Gott*, je supplie Dieu de me donner quelques graines pour Cosette et un joli souvenir de ma mère, et je soulève le couvercle.

Sous la lueur de la flamme, la couverture brillante de *Mein Kampf* lance un éclat noir.

Je pousse un cri de rage en jetant le livre au sol. Il s'écrase à mes pieds, ventre à terre, ses pages repliées sous lui.

Écœurée, je me recroqueville sur la couchette.

Mutti considérait qu'il n'existait pas d'autre ouvrage digne d'être lu, même les contes de Grimm, pourtant appréciés de M. Hitler et autorisés dans notre école, ne trouvaient pas grâce à ses yeux. Ma mère disait toujours, il accomplit ce qu'il a dit qu'il ferait pour nous. Il nous a donné les grandes usines qui fabriquent les Coccinelle, les autoroutes pour aller plus vite, du travail pour tous les chômeurs et il nous a rendu notre fierté.

Je ne pouvais la contredire.

Ma mère appréciait aussi *Mein Kampf* pour les pensées de M. Hitler sur la grandeur de notre race. Comment avait-elle pu oublier que l'Allemagne l'avait rejetée parce que son mari lui avait préféré une négresse ?

Notre Führer rêvait d'être artiste, on attendait de lui qu'il devienne fonctionnaire, il s'était battu pour ses convictions, et sa réussite était exceptionnelle. C'est pourquoi il était un exemple pour moi et non à cause de ses idées sur les races et la politique auxquelles, je dois l'avouer, je ne comprenais rien.

Lorsque je lui disais ça, Mutti m'accusait de trahir les pensées de M. Hitler et me punissait. Si j'avais tenu de tels propos devant la directrice de la BDM, elle m'aurait immédiatement jetée en prison.

Il fait froid, il fait noir, j'attends ma mère avec pour seule compagnie quelques bougies et ce livre de malheur. J'ai l'impression d'être encore punie. Si seulement j'étais vraiment enfermée dans l'abri à bois…

21

Quelques plantes aromatiques, thym, romarin et laurier, une dizaine de sachets de tilleul séché, une fiole d'huile de foie de morue et d'autres babioles, voilà tout le trésor de ma mère.

Je frotte une branche de thym sur mes plaies. Certaines sont chaudes et douloureuses, je sais que c'est mauvais signe. C'est infecté, ça, aurait marmonné Mutti en les frottant avec de la gaze et de l'alcool. Ici, je n'ai rien de tout cela ; j'ignore si le thym suffira, mais je n'ai pas d'autre solution en attendant les secours.

En dessous des aromates et du thé, je découvre, emballé dans un morceau de chiffon doux, le chapelet d'Oma Chouchou. Cette trouvaille est d'autant plus singulière que Mutti détestait les objets de catholiques. Crucifix, statues, tout était destiné à détourner les hommes de Dieu.

J'ai souvent admiré ce chapelet entre les mains de ma grand-mère, rêvant d'en porter un semblable autour du cou. Je l'entends encore hurler au sacrilège…

Les petites boules rouges en os de cheval glissent entre mes doigts. Un frisson de joie me traverse lorsque je les passe comme un sautoir. C'est si joli ! Mon menton sur la poitrine, je regarde le chapelet refléter la lueur de la bougie et je songe que tout le monde devrait le porter ainsi au lieu de s'en servir pour rabâcher la même prière.

Dieu n'est pas sourd ! Il m'écoute lui réciter le *Lieber Gott* juste avant de m'endormir, et s'il ne m'exauce pas, c'est parce qu'il est préoccupé par la guerre. Nous, les protestants, on n'a que lui. Pour veiller sur les catholiques, Dieu a aussi les anges, la Vierge Marie et les saints, en renforts.

Avant de partir à la guerre, Oncle Edy m'a confié une lettre sur laquelle il avait recopié la prière à Notre-Dame du Sacré-Cœur. C'est une prière miraculeuse, m'a-t-il dit, et je voudrais que tu l'apprennes et que tu la dises tous les soirs pour moi. Persuadée que la Vierge Marie était une invention des catholiques, je ne l'ai jamais fait. Maintenant, je le regrette, même si je sais que les regrets, ça ne sert à rien.

Je ferme les yeux, je me concentre, j'essaie de retrouver les mots. Souvenez-vous, Notre-Dame du Sacré-Cœur…

Verdammt noch mal ! J'ai oublié la suite.

Mais est-ce vraiment grave ? Je suis sûre que là où il est, Oncle Edy sait que je pense à lui.

Lorsque je saisis la petite fiole d'huile de foie de morue, une odeur écœurante monte jusqu'à moi. Chaque semaine, Mutti me forçait à en avaler deux cuillerées pour lutter contre les pustules qui fleurissaient sur mon front. Je soupçonnais Oma Chouchou et ses sortilèges d'y être pour quelque chose.

Mutti m'expliquait qu'être belle, ce n'est pas tout. Je n'étais peut-être pas jolie, mais très intelligente, et cela constituait le principal atout d'une future secrétaire. Andy, lui, me trouvait très jolie et pas dégourdie. Ils auraient pu se mettre d'accord.

Le sang n'a jamais coulé de mon ventre. Chaque jour, je prie Dieu de m'épargner car ni Mutti ni Edy n'ont accepté de m'expliquer cet horrible phénomène. Un jour, Anne-mie a garni sa culotte avec de la ouate et pris un air important en clamant qu'à présent qu'elle pouvait attraper des enfants, elle ne jouerait plus avec moi. Déjà que nous ne partagions pas grand-chose…

Bien sûr, il y avait cette rivalité pour l'amour d'Oncle Edy, cette haine de ce que nous représentions, ma mère et moi, haine que lui avait transmise Oma Chouchou. Nous étions l'envahisseur d'abord, puis les pestiférées, celles qu'on allait bientôt fusiller, juste parce qu'elles étaient nées allemandes. Mais il n'y avait pas que ça. C'était quelque chose d'intangible, d'inexplicable, dont nous étions toutes deux responsables. Je crois que ni elle ni moi n'avions envie de nous aimer. Tout simplement.

Je lui concédais peu d'intelligence, elle détestait lire et ne s'intéressait qu'à son piano. Elle riait bêtement, s'exprimait de façon péremptoire et me regardait souvent de haut, alors qu'elle m'arrivait aux épaules. À ce comportement, j'opposais ma mauvaise humeur. Je jalousais ses privilèges.

Nous étions incapables de jouer sans nous chamailler, pourtant, Andy faisait des efforts pour l'intégrer à nos parties de cailloux et d'escargots. Mais Anne-mie supportait mal cette complicité qui nous liait. Elle rêvait d'être le centre de notre monde, alors que nous en occupions déjà la place.

Ma mère affirmait souvent que lorsqu'on est heureux, tous les malheurs du monde s'abattent sur nos têtes.

Avec Andy, rien ne pouvait nous empêcher d'être heureux.

Malgré les interdictions, nous escaladions les barrières et courions à travers champ pour cueillir des rosés des prés. Nous traînions du côté de l'enclave pour observer ces femmes au visage peint qui recevaient les porcs dans les maisons aux volets clos, et nous interroger sur leurs étranges activités, nous passions des heures dans la forêt à écouter le bruit du vent dans les feuilles ou à empiler des pierres devant la source rouge pour stopper son éternel ruissellement. Nous voulions détourner les rivières, traverser les frontières et devenir grands, ensemble, là où personne ne chercherait à nous séparer.

Dans la confidence par nécessité – je ne pouvais quitter la maison sans qu'elle s'en aperçoive – Anne-mie ne participait jamais à nos expéditions secrètes mais elle se gardait de nous laisser le champ libre. Maintes fois, j'ai payé mes escapades par de longues heures dans l'abri à bois. Cela n'avait pas d'importance. Le lendemain ou le jour suivant, je repartais sur les chemins avec Andy.

Les seuls moments où Anne-mie et moi étions proches, c'était quand M. Colson faisait irruption dans la cuisine pour récupérer l'enveloppe du loyer. Convaincue qu'il était un ogre venu pour la chercher, ma cousine se cachait sous la table, terrifiée. Elle affirmait qu'un jour, elle l'avait entendu menacer Oma Chouchou de l'emmener.

Pour la rassurer, je me glissais sous la table avec elle. Serrées l'une contre l'autre, nous regardions les pieds de M. Colson faire le tour de la cuisine, s'arrêter à quelques centimètres de nous avant de se diriger enfin vers la sortie.

Nous restions longtemps immobiles, pour être certaines qu'il n'allait pas revenir, puis nous quittions notre cachette et reprenions nos activités chacune de notre côté, sans avoir échangé un mot.

22

M. Colson était un porc, certes, mais il n'effrayait que les fillettes comme nous. Zsuzsanna la Hongroise faisait peur à tout le monde.

On racontait que la sage-femme du village était installée là depuis des siècles, et que la mère de la mère de la mère de sa mère concevait des remèdes quand le monde balbutiait encore. Je ne connais pas la médecine, mais je n'ignore pas que les gens ne vivent jamais aussi longtemps, à moins d'avoir de sombres pouvoirs.

La plupart la craignaient tant qu'ils refusaient de prononcer son nom, les hommes l'évitaient soigneusement, l'accusant de divers maléfices. Les enfants parlaient entre eux de la dame au visage de lune qui suce les bonbons avant de les offrir. Seules quelques femmes, dont certaines venaient de loin, la consultaient pour des raisons mystérieuses.

Chaque nuit de pleine lune, Mutti se rendait à la cabane de la Hongroise pour acheter des sacs à fée. Ces aumônières colorées contenaient des produits magiques destinés à soigner les affections courantes ou à calmer le mal de ventre des femmes, comme celui qui frappait ma cousine une fois par mois.

L'une de ces aumônières, rangée dans la boîte à savon, me dévoile quelques baies roses, des morceaux de gingembre, et des clous de girofle que je glisse dans ma bouche pour avoir bonne haleine.

Depuis que je suis prisonnière de la cave, je me nettoie les dents avec les doigts car si je ne mange pas grand-chose, j'ai tellement faim que mon estomac sent mauvais. Mon haleine est aussi putride que celle d'Oma Chouchou et cela me contrarie. Elle puait tant que je frottais de la menthe sous mon nez, pour ne pas la respirer. C'est sa méchanceté qui ressort, disait Mutti, elle est pourrie à l'intérieur.

En plus de tous ses remèdes contre les maladies, la Hongroise vendait des formules magiques pour chasser les cauchemars. Des formules peu efficaces, surtout au début de la guerre, quand les premières bombes ont tué des animaux et des gens, détruit des maisons et que tout le monde avait peur de tout.

Oncle Edy m'expliquait que la peur est un sentiment naturel qui nous sauve la vie. Les gens savent tout le mal que ça fait, disait-il, et ils n'ont pas envie que ça recommence. Ceux qui décident de la guerre ne connaissent pas la même peur que nous. Nous craignons les bombes, les fusils, la mort, ils craignent d'être rejetés par leur peuple, ils ont peur de ne pas être aimés.

Malgré ses éclaircissements, j'étais si ignorante des affaires politiques que je pouvais difficilement émettre un avis sur la question. Pourtant, je trouvais cela tarabiscoté. Mêler amour et mort me semblait incongru, mais encore une fois, ni l'un ni l'autre ne m'étant familier, je ne pouvais qu'accepter les paroles de quelqu'un qui en avait l'expérience.

Mutti avait envisagé de retourner en Allemagne en juin 1939. Elle disait : Rentrons, avant que nous ne soyons devenues trop françaises pour le faire. Elle se querellait souvent avec Oma Chouchou à propos d'une lettre de mes oncles où, en outre, ils affirmaient que l'Allemagne humiliée allait se venger de ces salopards de Français et conseillaient à ma mère de s'éloigner de la frontière avant que les choses tournent mal.

Je ne voulais quitter la maison d'Oncle Edy sous aucun prétexte, je refusais d'abandonner cet homme qui représentait tout pour moi. Mes suppliques restaient vaines, Mutti considérait que si je m'étais attachée facilement à lui, je l'oublierais tout aussi vite. Depuis toujours, et j'ignore pourquoi, ma mère semblait œuvrer pour que je la déteste.

Finalement, Oncle Edy a réussi à convaincre Mutti qu'elle seule pourrait veiller sur sa mère et sur ce qu'il avait de plus cher, pendant qu'il irait à la guerre. Ses filles, Anne-mie et Rosy. Quand il a dit ça, j'en ai pleuré de joie.

C'est après le départ d'Oncle Edy et ce qu'elle appelait l'invasion boche que ma grand-mère, déjà capricieuse, est devenue méchante avec nous.

Parfois, Mutti était tellement à bout de nerfs qu'elle menaçait Oma Chouchou de la laisser crever toute seule. Elle ajoutait : Je prendrai Anne-mie avec moi, vous lui avez déjà fait assez de mal comme ça. Edy nous rejoindra. De toute façon, ce n'est pas la place d'un homme d'habiter avec sa mère.

Ce n'est pas tant la menace d'être séparée de sa famille que l'idée de ne plus avoir de boniche qui inquiétait Oma Chouchou. Elle était si contrariée qu'elle s'est enfermée dans sa chambre pendant des jours. Je crois qu'elle préparait une potion magique pour forcer Mutti à rester en France, car toutes les nuits, la maison était envahie d'odeurs de plantes, de fumée et de sons étranges. Anne-mie et moi n'étions guère rassurées et à nos questions inquiètes, Mutti répondait, sereine, sans lâcher des yeux son tricot : *Es macht nichts, das ist nur Luft*[1].

Oma Chouchou nous a réveillées au milieu de la troisième nuit.

Elle criait, debout dans la cuisine. Son visage était hagard, elle grattait furieusement ses mains et ses lèvres couvertes d'eczéma.

Mutti a massé les lésions avec un onguent avant de les couvrir d'un linge fin, puis elle a aidé Oma Chouchou à s'allonger sur notre matelas – ses jambes tremblaient tant qu'elle était incapable de monter l'escalier – pendant que je lui préparais un sucre avec de la

1. « Ça ne fait rien, ce n'est que de l'air. »

Melissengeist[1]. Ma grand-mère était si agitée que nous nous sommes relayées jusqu'au matin pour éponger son front brûlant et lui donner à boire.

À l'aube, elle a bondi sur ses pieds et s'est jetée par la fenêtre en hurlant comme une damnée. Bien heureusement, nous dormions au rez-de-chaussée, donc elle ne s'est pas blessée mais elle a écrasé les hortensias où nous avions enterré Sckrönch.

Durant la journée suivante et celle d'après, Oma Chouchou avait tant de fièvre qu'elle délirait. Le docteur Bürger, accouru en urgence, nous a conseillé de la conduire à l'hôpital. Ma grand-mère, qui détestait déjà les médecins avant d'être malade, l'a chassé en lui jetant ses livres, ses tarots, ses bougies et ses chandeliers à la figure. Vexé, le médecin a crié qu'il ne mettrait plus les pieds dans cette maison de fous et que pour la prochaine urgence, on n'avait qu'à faire comme pour Silke, la mère d'Anne-mie, et appeler le vétérinaire.

L'affection qui frappait Oma Chouchou était spectaculaire. Son visage se tordait en tous sens, ses mains se crispaient comme des serres d'aigle et sa voix, rauque, bredouillait des mots incompréhensibles. Elle est possédée par un mauvais démon, fulminait ma mère. À force de trafiquer les tarots, les herbes et le pendule et de jeter des sorts avec des bougies sacrées, voilà ce qui arrive ! Oui, voilà ce qui arrive quand on invoque les esprits au lieu de se consacrer à Dieu !

Mutti a passé la journée à nettoyer les déjections d'Oma Chouchou, qui vomissait des flots de bile, et à

1. « Eau des Carmes. »

changer ses draps – la pauvre vieille faisait sous elle. Lorsque, enfin, elle s'est endormie vers dix-sept heures, Mutti a chargé Anne-mie de veiller sur elle et nous avons pris le chemin de la forêt.

23

La cabane de la Hongroise était construite dans un vieux chêne, je me souviens d'un fatras indescriptible tout autour, et du chant du ruisseau sur les cailloux.

Mutti et moi avancions prudemment sous le couvert des arbres, avec l'impression d'être entre chien et loup tant la lumière était mangée par le feuillage épais, alors qu'il était à peine six heures, un soir d'été. Quand nous avons appelé la Hongroise au pied de son arbre, elle a ri dans notre dos, nous faisant sursauter de peur.

Elle était vieille mais sa peau était lisse comme la soie, ses yeux bleus pétillants et son sourire, énigmatique. Seules ses dents ébréchées, ses mains tavelées et la courbure de son dos trahissaient son âge. Elle était vêtue comme une fermière, pourtant j'avais l'impression qu'une cape invisible, dont elle faisait mine, sans cesse, de rabattre les larges pans, flottait autour d'elle.

D'une voix douce, elle nous a invitées à entrer dans son antre, je voulais rester dehors, j'ai proposé d'attendre sagement assise au bord de l'eau. Un balai fait de branchages liés à un manche en bois vert est apparu entre ses mains, et la Hongroise a tourné sur elle-même en déblayant la terre devant nos pieds.

Son étrange rituel accompli, la sage-femme a précédé Mutti sur l'échelle puis m'a appelée depuis l'entrée de sa cabane. Je les ai rejointes malgré moi, attirée comme Ulysse par le chant des sirènes.

La pièce, plus vaste que ne laissait présager l'extérieur, était éclairée par des centaines de bougies blanches qui libéraient de jolis halos tremblotants et illuminaient la poussière d'or et d'argent. Assise, les jambes repliées sous son derrière, ma mère buvait de la tisane dans un pot en céramique. Çà et là, brûlaient des pierres, certaines, rouges, d'autres, jaunes ou grises, et la fumée qui s'en échappait dégageait une odeur entêtante. Jamais je n'avais observé une telle étrangeté, pourtant, Oma Chouchou et ses sortilèges m'avaient habituée aux bizarreries.

Quand je rêvassais devant le piano, espérant qu'un jour, peut-être, j'en serais digne, ma grand-mère affirmait qu'une partie d'elle hantait les lieux et l'informerait si d'aventure, j'osais le toucher en son absence.

À peine avait-elle quitté la pièce que j'avançais la main vers le piano. Immanquablement, j'entendais les pas d'Oma Chouchou sur le parquet, juste derrière moi. Elle était réellement capable de me surveiller ici, alors que son corps était ailleurs.

Oncle Edy racontait qu'Oma Chouchou connaissait un tas de tours de magie et lui, pourtant sorti de son ventre et nourri à ses seins, n'avait jamais compris comment elle était capable de tels envoûtements.

Je t'aime, ma demoiselle des tic-tac, partout où j'irai, tu iras avec moi. La voix d'Oncle Edy se confond avec celle de la Hongroise. Debout au milieu de cette cabane illuminée, perchée dans un chêne, elle me fait signe, j'avance vers la lumière jusqu'à une seconde pièce où trône un piano droit.

La Hongroise ouvre le clavier, ôte le couvercle du dos et le mécanisme, rouge et or, le feutre des marteaux et le scintillement des cordes s'offrent à mes yeux émerveillés. Je m'assieds devant le piano, mes doigts effleurent les touches en ivoire puis s'envolent. Les notes de la *Sonate au clair de lune* s'écoulent de mon cœur, longent mes épaules et mes bras, envahissent mes doigts pour les rendre aux touches, aux marteaux et aux cordes, qui résonnent dans cette grande salle vide. Juste pour moi.

Je me suis réveillée sur le plancher de la cabane, grelottant de froid. J'ai entrouvert un œil, un frisson a parcouru mon corps mais je suis restée immobile, pelotonnée sous le gilet de Mutti.

À l'extérieur, la nuit était tombée, on entendait les cris des oiseaux nocturnes et le cliquetis des mobiles en bois qui s'entrechoquaient dans l'air.

Partout autour de moi, il y avait des fioles et des paniers débordant d'herbes aromatiques. J'ai reconnu des marguerites et des boutons de roses séchés, de l'angélique, du basilic, le romarin, la sauge mais aussi la mandragore, des graines de céleri, de la fougère et des griffes du diable, un des remèdes que Mutti utilisait contre les douleurs articulaires. Sur des étagères et des troncs coupés, une multitude de coupes en étain regorgeaient de pierres précieuses, aussi brillantes que dans un trésor de pirate. Il y avait pêle-mêle des opales, des jaspes, des améthystes et du quartz, de toutes les tailles, de toutes les couleurs. Cette cabane resplendissait de lueurs étranges et de produits rares. Mais nulle part, je n'ai vu de piano…

J'ai regardé Mutti intensément, elle ne m'a pas remarquée. Droite, rigide dans son corps comme elle l'était dans son cœur et dans sa tête, elle parlait âprement de choses graves concernant Oma Chouchou, Opa Edmond (son défunt mari) et cette pauvre Anne-mie.

Ma mère disait à la Hongroise, silencieuse, qu'Anne-mie n'était pas née grâce à ses remèdes mais bien parce que Chouchou avait forcé Silke à faire un bébé avec Edmond. Et que si elle osait lui demander de l'argent en échange de la potion pour guérir Chouchou, elle se chargerait de lui tailler une mauvaise réputation dans le coin. Mutti a ajouté qu'elle n'avait pas le choix, qu'elle devait nourrir sa famille, et qu'elle n'aurait eu aucun scrupule à laisser mourir cette vieille folle, s'il n'y avait eu cette promesse faite à Edy.

J'avais l'impression d'un trouble dans l'air, comme si nous étions dans une eau verdie par le soleil. Plus Mutti parlait, plus la Hongroise semblait ériger autour d'elle un manteau invisible, puissant et inquiétant.

Une violente nausée m'a submergée. Une partie de moi refusait de saisir ce langage d'adultes, une autre tentait de rester calme, malgré l'horreur du secret, et la dernière surveillait du coin de l'œil les horribles tic-tac installées dans les recoins de la cabane.

Zsuzsanna la Hongroise a capté mon regard effrayé. Elle a glissé vers moi, levant une main, l'index tendu en l'air, et fait mine de tirer sur un fil invisible. J'ai vu ce fil de soie flotter au-dessus de ses doigts et déposer sur l'extrémité de ses phalanges une tic-tac transparente, aussi délicate que la toile qu'elle tissait.

Il ne tient qu'à toi de ne plus les craindre et de vivre à leur côté, a murmuré la Hongroise, comme tu vis avec les ratons laveurs et les hérissons.

Cette mystérieuse femme lisait en moi le souvenir d'Andy et de Sckrönch et cette simple idée me bouleversait. Les tic-tac n'étaient-elles que ses espionnes ? Avec autant d'yeux partout, la Hongroise devait tout savoir sur tout le monde…

Et toi, es-tu prête à venir en aide à ta grand-mère ? m'a-t-elle demandé en soufflant sur la tic-tac pour la faire disparaître.

Soudain, la Hongroise ne me faisait plus peur.

Je l'ai priée d'effacer les mauvaises actions d'Oma Chouchou et elle a rétorqué que de mon silence dépendrait le bonheur de ma cousine. Je l'ai suppliée de me rendre Oncle Edy, elle qui avait le pouvoir de réaliser les rêves, mais elle m'a expliqué que je devrais apprendre à vivre sans lui, ainsi allait la vie, ainsi était la guerre.

Tu n'as pas répondu à ma question, a-t-elle ajouté en s'approchant de moi, une paire de ciseaux à la main. Veux-tu nous aider à soigner ta grand-mère ?

Interdite, j'ai interrogé Mutti du regard. Ma mère m'a fait signe d'accepter, alors j'ai hoché la tête en bredouillant.

La Hongroise a délié mes nattes puis les a coupées et enveloppées dans un linge blanc. En échange, elle nous a donné le remède qu'elle avait préparé pour Oma Chouchou. Je la soupçonne d'y avoir glissé des queues de rats et autres diableries.

24

Le couvercle résiste, mais j'insiste. Il faut que je reprenne des forces, j'ai décidé de creuser un tunnel pour permettre à Cosette de s'échapper. Ma petite poule maigrit sous ses plumes, elle dort presque tout le temps. À chaque instant qui passe, la faim la tue. La faim nous tue.

J'ignore depuis combien de jours nous attendons les secours, et depuis quand je n'ai rien avalé, je ne mange que lorsque la douleur est trop forte ou que mes jambes ne me portent plus. Il est vraiment temps que je tente quelque chose. Peut-être du côté des ouvertures à charbon qu'Oncle Edy a comblées avec des pierres entourées de papier journal, qu'il a scellées.

Comme le joint de caoutchouc refuse de céder, je brise le bocal de mirabelles contre le mur, le bon jus se perd, coule sur et entre les planches, mais Cosette et moi nous régalons. La peau des fruits craque sous mes dents, la pulpe jaillit dans ma bouche comme mille bonbons. Je dévore la moitié du bocal et je verse le reste dans un autre récipient. Je n'ai pas envie d'être malade, cette fois.

Les rats sont déjà là. Ils longent les murs, leurs ombres déformées par la flamme défilent autour de moi. Assise sur ma couchette, le menton sur les genoux, je les observe alors qu'ils lapent le jus des mirabelles.

Soudain, un rat, le plus maigre, quitte l'abri du mur pour trottiner jusqu'à *Mein Kampf*, toujours écrasé au sol. Le tic-tic de ses petits pas sur les planches me donne la chair de poule. Il s'arrête à quelques centimètres du livre, le contourne, s'approche, hésite, le renifle. Son manège se prolonge et lorsque, soudain, il l'agrippe avec ses pattes griffues et entreprend de le grignoter, je le chasse en lui lançant un caillou.

Mein Kampf, c'est tout ce qui me reste.

L'humidité a gondolé la couverture, quelques pages arrachées glissent à terre.

Ce ne sont pas des pages, mais des lettres. Des feuillets couverts d'une écriture fine et serrée. De l'allemand.

Je les ramasse et je m'assieds, j'approche la flamme de ma dernière chandelle et je la retire aussitôt, le cœur battant.

Elles sont de Peter.

J'ai peine à le croire. Pourtant, l'évidence me frappe en plein cœur. Mutti recevait du courrier en cachette chez M. Colson. Parce qu'elle ne voulait pas que je voie ces lettres.

Mes genoux s'entrechoquent violemment.

Mutti disait que seuls les faibles gardent des souvenirs. Que sont ces lettres, sinon des souvenirs ?

Quand Peter nous a abandonnées, Mutti l'a haï, puis elle s'est mise à haïr les violonistes comme lui, les pianistes comme Oma Chouchou – qui accompagnait les films avant qu'ils ne deviennent parlants –, les enfants qui voulaient devenir musiciens comme Anne-mie, les poètes, les peintres, c'est pourquoi elle a échangé le tableau de la femme aux rats contre du chocolat – non que je le regrette, j'adore le chocolat – et elle a haï l'idée même que je puisse devenir écrivain.

Depuis ce jour, ma mère a méprisé les gens qui s'aimaient, les gens heureux, les gens en général et surtout les hommes. Mais il n'y avait pas que les hommes, il y avait les Juifs, les romanichels, les Français, les porcs, les communistes, les catholiques, les curés, les pauvres, les riches, les autres.

Mutti méprisait le monde entier, sauf Oncle Edy.

Elle ne l'a pas aimé tout de suite, non. Il a fallu du temps.

Quelques semaines seulement avant qu'il parte à la guerre, je les ai vus souvent, silencieux, assis sur le canapé dans le salon, les yeux tournés vers la fenêtre qui donne sur le jardin. Quand Oncle Edy avançait sa main vers celle de ma mère et saisissait délicatement ses doigts entre les siens, elle esquissait un sourire et à cet instant précis, le simple fait de la regarder me remplissait de joie.

La nuit tombée, ils se détachaient comme à regrets, se saluaient tendrement d'une caresse sur le front ou d'une pression des doigts sur le bras et ils rejoignaient chacun leur lit. Mutti avec moi, Edy avec Anne-mie.

Je crois que ma mère aimait Oncle Edy parce qu'il ne détestait pas les gens. Il ne haïssait personne. À part peut-être sa mère, M. Hitler et la guerre. Mais il ne l'a jamais dit.

Je serre les lettres de Peter contre mon cœur. Je suis incapable de les lire. Et si dans ses lettres, mon père ne parlait pas de moi ? Je m'allonge sur la couchette, tremblante. Ces pensées me rendent mélancolique et je n'ai plus le courage de creuser pour tenter de sortir d'ici. Ça attendra bien demain.

25

Après cette nuit dans la cabane de la Hongroise, les choses n'ont plus jamais été comme avant. Lorsque j'évoquais avec Anne-mie nos souvenirs d'Oncle Edy, je ne pouvais plus dire « ton père », d'ailleurs je ne savais quoi dire, je ne parvenais plus à parler de « ma cousine » à Andy, et je fuyais le regard inquisiteur de ma grand-mère, envahie d'un immense sentiment d'impuissance. Personne ne pourrait réparer ses méfaits et les conséquences de ses actes me semblaient infinies.

Moi qui avais rêvé du retour d'Oncle Edy, je me surprenais à espérer que jamais il ne rentre à la maison car enfin, comment pourrais-je encore le regarder en face ? J'étais incapable d'envisager qu'il soit, lui aussi, dans la terrible confidence.

Menteuse malgré moi, je partageais le fardeau de ma mère, mais Mutti refusait de prendre une part du mien. Quand on ne dit rien, disait-elle, ce n'est pas un mensonge, Rosy, c'est comme la mort de Silke, c'est juste qu'il existe des choses dont il ne faut pas parler.

Elle ajoutait, que veux-tu, dans ce monde, les faibles ne survivent pas.

Silke s'était-elle suicidée pour avoir porté l'enfant de son beau-père ?

Je n'avais aucune idée de la manière dont on fait les enfants, mais assurément, pour Silke, l'épreuve avait été mortelle.

La vérité sur la naissance d'Anne-mie m'a ôté le sommeil. Je passais mes nuits à tourner et à me retourner sur ma couchette. C'est ainsi que j'ai remarqué que deux ou trois fois par semaine, Mutti quittait discrètement la maison la nuit et rentrait à l'aube avec un panier contenant de la farine, des racines, des légumes et, les jours de chance, des œufs ou du cacao. Elle rangeait chaque aliment rapporté, tout au fond de la cave ou dans la terre. Nous partagions quelques produits avec Oma Chouchou et Anne-mie, mais ma mère disait toujours, il faut être prudent, avec cette satanée guerre, on ne sait jamais.

Lorsque je l'interrogeais sur la provenance de ces trésors, elle se renfrognait, ce qui n'était pas dans ses habitudes. Mutti était colérique, spontanée, gaie ou triste, aimable ou revêche, mais jamais renfrognée.

À présent que nous avions emménagé dans la cave, je parvenais à tromper sa vigilance avec plus de facilité, la porte débouchant sur l'entrée côté jardin. Andy avait fabriqué une passerelle avec des planches pour empêcher le gravier de crisser sous nos pas, quand nous bravions le couvre-feu. Il me suffisait d'attendre que Mutti s'endorme, et hop, je grimpais l'escalier et je me glissais au-dehors. Quand il s'est agi de la filer pour découvrir d'où provenait toute cette nourriture, alors que les commerces étaient vides et les fermes réquisitionnées par l'armée, ça a été un jeu d'enfant.

J'avais évidemment proposé à mon ami de m'accompagner, je n'allais pas entreprendre une telle aventure sans lui. Ce soir-là, nous nous sommes retrouvés dans la cour, main dans la main, nous nous sommes lancés à sa poursuite. Nous avons vu la silhouette de ma mère longer les jardins, emprunter le chemin qu'Andy et moi avions suivi jusqu'au tunnel de tôle et déboucher sur la grand-rue, juste en dessous de la nôtre. Vive comme une ombre, elle a rasé les murs, passant devant les vitrines fermées du boucher, des pompes funèbres et du crémier, puis elle a traversé le carrefour et s'est dirigée vers le chemin qui conduit à la forêt.

À travers la frondaison, je discernais au loin la lueur qui s'échappait de la cabane de la Hongroise, alors qu'Andy ne l'a aperçue que lorsque nous sommes arrivés au pied du grand chêne. Mutti m'avait confié que seules les initiées distinguaient sa lumière, les autres passaient leur route sans la voir.

Nous nous sommes cachés derrière un tronc tandis que ma mère gravissait l'échelle. Nous avons attendu de longues minutes, le cœur battant et le souffle court puis, excités, nous nous sommes approchés. Andy m'a précédée et j'ai pris une grande inspiration avant de grimper à mon tour dans la cabane.

Zsuzsanna la Hongroise était penchée sur une femme que je n'avais jamais vue, allongée par terre, la tête posée sur les genoux de ma mère. Une bassine fumante et des linges sanglants s'amoncelaient à ses côtés. Mutti séchait délicatement les larmes de l'inconnue avec un linge et la Hongroise lui massait le ventre d'une main, tandis que l'autre manipulait de drôles d'instruments qu'elle rinçait régulièrement dans l'eau.

Andy a attrapé ma main et a broyé mes doigts. Un courant d'air glacial nous a traversés. À cet instant, la Hongroise s'est brusquement retournée. Ses lèvres n'ont presque pas bougé quand elle nous a dit d'une voix blanche : Filez ! Vous n'avez rien à faire ici !

Nous avons couru dans la nuit, comme si le diable nous poursuivait. Peu après, j'ai retrouvé ma couchette avec soulagement, mais le sommeil n'est pas venu. J'attendais ma mère. Elle s'est faufilée à la cave au petit matin, son panier rempli de provisions. Après cette nuit, je n'ai plus eu l'autorisation de sortir sans elle et mes prières n'y ont rien changé.

Je n'ai jamais revu Andy.

26

La terre est gelée. Quand je pense à mon ami, j'ai l'impression que mon cœur aussi.

Pour empêcher le froid de remonter jusqu'à moi, j'ai comblé le trou où je puisais de l'eau. De toute façon, il n'y en a plus. Je regrette le temps où Mutti rouspétait après cette source au goût de sang. Au moins, je pouvais boire à ma soif et me laver. À présent, je me sens sale. Le fond de ma culotte est brun, raide de crasse, et je sens mauvais. Je crois qu'un peu de sang a coulé d'entre mes cuisses et j'ignore quoi faire, alors je prie pour ne pas mourir.

Si je peux attendre encore – il me reste de l'eau filtrée, quelques mirabelles, des haricots et les cerises au kirsch –, Cosette, elle, ne tiendra plus longtemps.

J'enveloppe ma petite poule dans un nid de papier journal, j'éteins ma dernière bougie avant qu'elle s'épuise et je me dirige à tâtons vers les regards, munie d'un morceau de bois et d'une longue pointe. Je supplie Dieu de ne pas mettre de vilaines tic-tac sur mon chemin. Je lui demande beaucoup ces derniers temps, mais qu'y puis-je ? Il n'a qu'à me rendre ma mère.

Il me faut du temps pour repérer les ouvertures à charbon dans l'obscurité. L'une d'elles est inaccessible, l'autre dissimulée en partie par un tas de gravats qu'il me faut déblayer. J'ignore combien de temps je déplace les pierres et les débris de bois, ma sueur, glacée, dégouline sur mon front et dans mon dos et une vive brûlure envahit mes épaules, pourtant je continue. Chaque centimètre gagné apaise la douleur.

Enfin, je rencontre l'enduit qui m'indique que je suis au bon endroit. À l'aide de la pointe, je le gratte jusqu'au papier journal que j'arrache en pestant contre Oncle Edy. Il a si bien fait les choses…

Je grelotte de froid et de peur mais je dégage la terre, je creuse jusqu'à ce que des étoiles s'agitent devant mes yeux, jusqu'à ce que mes doigts s'engourdissent tant qu'ils ne parviennent plus à serrer la pointe et le bâton.

Il faut que je dorme.

À mon réveil, j'ai tellement faim que l'odeur des mirabelles m'écœure. J'ai rêvé d'une grande marmite avec des poireaux et Cosette en morceaux qui flottait dedans. Je partageais mon repas avec les rats.

Malgré les nausées, je me force. C'est étrange comme la faim coupe la faim. J'entame le deuxième bocal de haricots et j'achève les mirabelles sans plaisir. J'ai de la peine pour Cosette, elle refuse de manger.

Je câline longtemps ma petite poule et je l'installe dans son nid de papier. Puis, j'allume le reste de la dernière bougie. J'ai décidé de fabriquer de petites torches avec *Mein Kampf* car si je n'ai bientôt plus de chandelle, j'ai encore des allumettes. Oncle Edy m'a expliqué que brûler des livres, c'est renier ce qu'on a été, mais j'ai décidé de lire enfin les lettres de Peter et pour ça, j'ai besoin de lumière. J'arrache quelques pages que je tortille puis je les enduis d'huile de foie de morue. La lueur est faible, la flamme, bleue.

Les lettres de mon père à ma mère se sont espacées avec le temps et la guerre, pourtant, dans chacune d'elles, Peter s'enquiert de mes résultats scolaires ou de ma santé, réclame une photo de moi avec la robe qu'il m'a envoyée, s'inquiète de ne pas recevoir de courrier de ma part ou supplie Mutti de m'autoriser à lui rendre visite ainsi qu'à Rosalie et ses enfants. Rosalie, c'est le prénom de sa négresse.

Il écrit à Mutti qu'il est parti sur les chemins, peu de temps après nous avoir quittées, qu'à Ludwigshafen, plus aucune salle de concert n'acceptait de le laisser jouer à cause de sa négresse. Personne n'avait voulu les marier non plus.

Pour fuir l'Allemagne, Peter, Rosalie et les enfants ont dû suivre une caravane de romanichels, en route pour les côtes françaises d'où ils espéraient rejoindre l'Angleterre. Au moins, ils seraient loin des nazis.

En lisant ces quelques lignes, je me suis fait la réflexion que Peter avait changé. Il avait tourné le dos à sa famille pour l'Allemagne, il tournait le dos à l'Allemagne pour sa famille.

Heureusement, sa musique et son violon lui ont permis de survivre : pendant que Rosalie aidait les femmes de la caravane, il récoltait de l'argent en jouant sur les routes. Dans une de ses lettres, Peter avoue tout de même qu'il a dû, certaines fois, chiper dans les jardins des riches mais que c'était pour envoyer de l'argent à Mutti, et des babioles pour moi, car il ne cessait de penser à nous.

Fin août 1937, alors que nous arrivions chez Oncle Edy, Peter et sa famille abandonnaient les romanichels, qui avaient décidé de s'installer à Paris, pour suivre de leur côté la route de Calais.

Après trois semaines de marche durant lesquelles ils ont perdu le petit dernier de trois ans, Johannes, mon père raconte qu'ils se sont installés dans une modeste pension de famille, le temps de récolter assez d'argent pour traverser la Manche et d'apprendre à parler anglais.

C'est à l'automne 1938 qu'il a enfin posé le pied en terre britannique. Sa nationalité allemande a été le principal obstacle à son intégration. Il a bataillé pendant des mois pour prouver qu'il n'était pas un espion, jusqu'au jour où il a retrouvé un de ses amis, chef d'orchestre renommé, rencontré en 1936 lors de ses dernières tournées en Allemagne.

Dans une lettre datée du mois de novembre 1938, Peter détaille ses retrouvailles avec Thomas Beecham, fondateur du London Philarmonic Orchestra. Celui-ci venait d'enregistrer *La Flûte enchantée* à

Berlin quand ils se sont rencontrés par hasard, à Covent Garden, où Peter passait une audition.

Mon père raconte le bonheur d'avoir retrouvé cet homme. C'est la chance de ma vie, écrit-il alors. Thomas part l'année prochaine en tournée mondiale et il m'a proposé de le suivre.

Lettre après lettre, j'apprends comment Peter, qui avait obtenu la nationalité anglaise en 1939, toujours grâce à sa musique et à ses bonnes relations, a pu finalement épouser sa négresse. Ils se sont installés à Londres en attendant le grand départ. La nouvelle épouse de mon père a trouvé un travail dans une famille convenable et les enfants ont été scolarisés jusqu'à l'été 39.

À l'entrée en guerre de la France et de l'Angleterre, mon père et sa famille étaient déjà à l'autre bout du monde.

Dans ses dernières lettres, il écrit à Mutti sa haine de la guerre, sa peur de nous perdre et il nous supplie de le rejoindre, même s'il sait combien il nous a fait souffrir, il refuse de nous abandonner une deuxième fois. Où qu'il soit, Australie, Canada, il est prêt à nous payer le voyage, Thomas a des relations, il nous trouvera un avion, un bateau et un toit.

Avec les lettres à ma mère, les pages de *Mein Kampf* ont libéré une toute petite carte colorée, montrant les tours de New York et datée du jour de mon anniversaire. Je l'ai gardée pour la fin et à présent je la lis, les doigts crispés sur le carton, le cœur au bord des lèvres.

Ma chère petite Rosy, tu vois bien que ton papa ne t'a pas oubliée. Il ne t'oubliera jamais car il aime sa petite fille de tout son cœur. Je te souhaite une bonne fête, et tout le bien pour ton avenir. Une bonne santé et une belle et longue vie. N'est-ce pas, Rosy, tu ne m'oublieras pas non plus ? Je t'embrasse bien bien fort, ton papa.

27

J'entre dans mon autre jardin, celui des beaux souvenirs, et la première image qui me vient est celle d'Oncle Edy avec son baluchon sur le dos. Maintenant je parviens, avec beaucoup de volonté, à le faire se retourner plus d'une fois, malheureusement, il ne revient jamais.

C'est à ces moments-là que je mesure combien la mort est inéluctable, elle m'apparaît soudain réelle, bien plus inquiétante qu'une simple notion ou que la vision d'un corps au milieu des ruines. Oncle Edy, mon cher Edy a descendu la rue, il m'a fait un signe de la main et a tourné au carrefour, disparaissant ainsi du monde où je vis.

Il m'arrive d'imaginer Sckrönch, mon hérisson, gambadant dans d'autres jardins, des jardins ignorés auxquels je ne saurais accéder. Mais au moins, il gambaderait…

Que dire d'Edy ? Marche-t-il le long d'une rue inconnue, est-il sur un champ de bataille, perdu au milieu de nulle part, dans un trou où tout autour sifflent les balles ? Est-il à l'abri ou enterré vivant, comme moi, pense-t-il à moi ?

Je refuse d'envisager un monde sans ses sourires, ses blagues, ses histoires de brigands et toute cette affection dont il m'entourait. Penser à lui me rassure, le regarder descendre la rue me fait garder l'espoir qu'un jour, il la remontera.

Mon deuxième souvenir est le sourire d'Andy, je l'ai oublié, bien sûr, comme j'ai oublié ses yeux rieurs, mais je le réinvente, qu'importe, puisqu'il est à moi. Andy mon ami, Andy à qui je pouvais presque tout dire, est-il aussi perdu dans ces autres jardins ?

Quand je me suis baladée avec lui le long de la rivière, sous les saules et les pépiements, je m'envole à Ludwigshafen à la recherche de ce quartier où j'ai vécu avec mon père. Mais il n'y a ni rue, ni maison, ni rires, ni pleurs, ni chaleur, cette famille, ce n'est pas mon histoire. À force de vouloir l'oublier pour qu'il ne me manque pas, le visage de Peter s'est effacé de ma mémoire. Il ne me reste de lui que le goût de la musique et le lointain écho de quelques notes de violon.

Et quand, enfin, je retourne dans cette cave qui me retient prisonnière, je cherche Mutti en vain. Mes souvenirs rejettent celle qui les abhorrait.

28

Le chagrin m'aide à creuser plus fort.

Les dernières torches sont consumées. Il faudra que j'en fabrique d'autres. Plus tard.

Je creuse, dans le noir, morte de froid. Mes doigts en feu et mes ongles arrachés me font souffrir jusque dans l'épaule.

Je creuse. Je suis en colère. J'ai la nausée mais je n'arrive pas à détester Mutti. Pourtant, c'est bien elle qui m'a privée de l'occasion d'aimer mon père.

Je dors un peu. Je rêve que je ne dors pas.

Je crois que j'ai pleuré en dormant.

Le vide que je tentais d'ignorer chaque jour sans Peter est béant.

Je creuse toujours dans le noir, certaine que des tic-tac m'observent. Pour ne pas devenir folle de peur, je me persuade qu'elles sont juste les espionnes de Zsuzsanna la Hongroise. Lorsque mon corps n'en peut plus, je regagne ma couchette à tâtons et je mange les haricots, en ravalant mes larmes. Cosette ne doit pas me voir pleurer. Puis je gratte une allumette, puis une autre et une autre, pour lire et relire la carte que mon père m'avait envoyée pour mon anniversaire.

Pour Mutti, je n'étais qu'un souvenir de plus, un souvenir de Peter impossible à détruire. Impossible à oublier.

Scheiße ! Où vais-je trouver la force de te pardonner ! Mutti, reviens, reviens ! Tu ne peux pas être morte ! Ce n'est pas possible ! Tu dois revenir, tu dois me dire pourquoi ! Pourquoi t'as fait ça ?

J'ai crié, j'ai hurlé si fort que ma voix s'est éteinte.

À force de creuser, j'ai gagné un rayon de soleil.

D'abord hésitant, puis délicat, il illumine les milliers de grains de poussière qui flottent autour de moi. Le givre s'est déposé sur les pierres, il fait des étoiles sur le peu d'eau qui reste dans le couvercle.

Cosette est faible, je dois trouver le courage d'agrandir le trou mais mes doigts et mes bras me font tant souffrir que j'ai décidé de me reposer.

Je suis assise en tailleur et ma petite poule est nichée entre mes cuisses. Le mince rayon de lumière avance lentement jusqu'à nous et fait briller ses plumes.

29

J'ai fabriqué d'autres torches avec les pages de *Mein Kampf*, mais j'ai gardé celle où M. Hitler parle de la mort de sa mère. C'est la seule douleur que nous partagerons jamais. Mutti aurait soulevé la maison pierre après pierre pour me retrouver, ne serait-ce que pour s'assurer que je deviendrais la secrétaire de notre Führer…

Puis j'ai creusé jusqu'à ce que la nuit enveloppe le village, jusqu'à ce que mes doigts sentent le vent de l'autre côté. Les lèvres collées à la terre, j'ai crié, appelé au secours, mais il semble que la rue du Soleil est devenue un long désert. Est-il possible que tant de choses aient changé ?

J'ouvre le bocal de cerises au kirsch que je partage avec ma petite poule en veillant à bien sucer les fruits avant de les lui donner pour ne pas qu'elle soit ivre. Ce qui me plaisait tant quand j'en recevais en récompense m'écœure. Pourtant, j'en croque plusieurs, c'est bourré de sucre, ça me revigorera. Je frotte mes blessures infectées avec du kirsch, le thym m'a soulagée mais certaines se sont mises à suinter et j'ai un peu de fièvre depuis que je me suis réveillée.

L'alcool me fait brutalement mal au ventre. J'arrache les dernières pages de *Mein Kampf* que je mâche bien avant de les avaler, elles absorberont le kirsch.

J'ai la tête qui tourne.

Cosette reprend des forces, je dois profiter de la nuit pour la libérer. Je la saisis entre mes mains, je tremble, heureuse et triste. Cosette dehors, je serai seule. Mais elle vivra et c'est tout ce qui compte. Je passe un long moment le nez dans ses plumes. Elle sent toujours aussi bon.

Je lui murmure qu'elle devra s'éloigner du trou, que je la rejoindrai plus tard et qu'en attendant, elle se débrouillera pour manger.

L'air sent l'humidité, il a dû neiger ces jours derniers, elle trouvera bien quelques bestioles dans le jardin. S'il reste un jardin.

Ma petite poule se cache derrière un tas de gravats, je lui explique que je vais continuer à creuser et que nous nous retrouverons plus tard mais elle refuse de sortir. Alors je la prends quelques instants contre moi, elle picore la peau de mes mains, puis je m'approche de l'ouverture et je soulève les bras.

Du bout des doigts je guide Cosette dehors, j'insiste, elle refuse d'avancer mais je la chasse d'une petite tape, si bien qu'elle n'a pas le choix.

Enfin, elle est libre.

Je recule précipitamment au fond de la cave, si elle m'entend, si elle me voit, jamais elle ne s'éloignera. Je l'imagine, perdue, ses yeux jaunes écarquillés et sa petite tête remuant dans tous les sens.

Soudain, il y a des bruits de pas, j'entrevois une lueur. Je bondis sur mes pieds, prête à crier. Mais quelque chose me retient. Je m'approche prudemment du trou.

Deux paires de souliers sont éclairées par la flamme d'une lampe torche. Il y a des chuchotements, une exclamation puis des rires. Un rire qui me glace.

Mon cœur fait un tel tapage dans ma poitrine que je suis sûre qu'il va me trahir. Mais il ne se passe rien. Les pieds tournent autour du trou, faisant ruisseler du sable sur moi, ils piétinent et je ne crie pas.

Ce sont leurs voix qui hurlent que je vais crever comme une sale boche. Seule comme un rat.

Les souliers s'agitent et repoussent des pierres sur moi. Des pierres et une grosse motte de terre. Puis d'autres pierres, encore et encore, des pierres qui comblent mon tunnel.

Il n'y a plus de lumière du tout.

Je gratte une allumette. L'ombre des tic-tac grandit autour de moi.

Quand je m'aperçois que ce n'est pas une motte de terre qu'ils m'ont jetée, mais le corps de Cosette, mon cœur se brise en deux.

30

J'ai bu du kirsch, je me suis roulé une cigarette comme le faisait Oncle Edy. J'ai découpé un petit rectangle dans la page de garde de *Mein Kampf*, celle où il n'y a rien d'écrit dessus, elle est toute fine, et j'y ai tassé de la tisane. Ça me brûle les lèvres et la bouche et ça me fait tousser, mais c'est rien… Avec sa couverture noire et brillante, ses lettres fières et dorées, *Mein Kampf* n'est plus qu'un ouvrage rempli de vide, une enveloppe qui n'a plus rien à dire. Comme moi.

J'ai mal de faim et de froid.

J'allume un dernier feu avec la couverture du livre et des copeaux de bois, la fumée piquera mes yeux et j'aurai une bonne raison de pleurer. Je regarde *Mein Kampf* briller et fondre dans les flammes. Ça sent mauvais.

Ici, tout sent mauvais, les pierres, le bois, mon corps et le corps de Cosette dont je ne sais que faire.

J'espère qu'il va se dessécher, ainsi, je le garderai auprès de moi.

Il est déjà rongé par la vermine et les rats.

Pauvre Cosette. J'aimerais qu'il y ait un paradis pour les petites poules mais je crois qu'il n'y a de paradis que pour les catholiques.

Depuis que j'ai lu les lettres de Peter, j'ai la mauvaise âme tout le temps. Comme quand Edy est parti, quand les premiers bombardements ont frappé notre village ou quand j'ai reconnu mon cher Andy, dans la rue.

La mauvaise âme, c'est une main froide qui serre mon ventre, écrase ma poitrine et parle dans ma tête, répétant que tout est vain, que rien n'a d'importance. Même pas la vie puisque tout passe, que les gens qu'on aime descendent la rue sans jamais se retourner.

Un filet de jour monte entre les pierres qu'on m'a jetées.

Puis il s'éteint.

Avant de revenir, et de repartir. Encore et encore.

À présent, je sais que les jours passent et que je ne mérite pas d'être sauvée.

31

Il paraît qu'en dessous de nos pieds, c'est un vrai gruyère et qu'un jour, à force que les hommes vident la terre de sa houille, elle finira par se venger et engloutir les maisons.

Ce que je souhaite à présent, c'est qu'elle engloutisse tous ces porcs de Français qui nous crachaient à la figure et nous refusaient l'abri. Ceux qui m'enterrent vivante. Ceux qui ont oublié qu'ici, nous sommes tous allemands, d'où qu'on vienne et quoi qu'ils en pensent.

J'ai rêvé que M. Hitler était mort. Il était allongé ici, près de moi. Son corps nu était lisse et glabre comme celui de ma poupée et il n'avait pas de sexe. Ses doigts croisés sur sa poitrine tenaient une lettre où étaient inscrits quelques mots signés de ma mère. *Je t'en prie, Adolf, n'abandonne pas ta petite fille Rosy.*

Je me suis fait belle pour mourir, j'ai frotté mes joues et mes lèvres avec cette terre rouge qui gèle autour de moi et j'ai enfilé mes plus beaux atours. Le gilet de Mutti pour Edy. Je suis Rapunzel sans cheveux. Ma tour ne s'élève pas vers le ciel mais s'enfonce dans la terre.

Je n'ai plus la force de me lever mais j'ai écrit mon histoire aux dernières lueurs de *Mein Kampf*. Je m'appelle Rosemarie, on m'appelle Rosy, je suce des cerises au kirsch et je fume *Mein Kampf*.

Mon histoire appartiendra à celui qui la trouvera.

Deux tic-tac glissent sur mon front jusque sur mes paupières, me fermant les yeux, une autre se faufile sur ma langue, et je réunis mes lèvres sur elle.

Elle n'a pas de goût, elle ne pourra me nourrir, mais elle est la preuve qu'à présent, je n'ai plus peur. Je suis Rapunzel des tic-tac.

Épilogue

Les yeux braqués sur la rue du Soleil que mon cœur projette dans le noir, j'ai oublié Dieu, sourd à mes prières. Je rêve que ceux que j'aime remontent la rue.

J'ai tant bu de kirsch qu'entre les murs résonne l'écho de la voix des gens que je connais, Andy qui m'appelle, une lumière rougeâtre brise l'obscurité à travers mes paupières. Mais je ne vois toujours pas la silhouette d'Oncle Edy. Alors je reste immobile, repliée dans la solitude de mes autres jardins.

L'air que j'expire lentement vibre à peine.

Je ne suis pas là.

La terre et les gravats amoncelés grondent au-dessus de moi. Des pierres et des dizaines de cailloux roulent dans la poussière et retombent tout autour. De la cendre s'engouffre dans mes narines, j'éternue plusieurs fois et je cache mon visage entre mes genoux pliés, les bras sur ma tête.

Soudain, un rayon plus vif m'illumine.

Cette lueur est un mensonge de plus, ces voix que je connais, les monstres qui ont tué Cosette et m'ont enterrée vivante. Elles ne sont pas venues me sauver. Elles sont là pour achever leur dessein : se débarrasser de moi.

Je me recroqueville, je ne veux pas qu'ils me trouvent.

De lourds pas font vibrer le plancher, quelqu'un prononce mon nom, plusieurs fois.

Aussi rigide qu'une statue, je n'existe pas.

J'entends encore la voix d'Andy, je sens qu'on me soulève pour m'emporter vers la lumière, la voix d'Andy est plus forte, il dit qu'il en était sûr mais que personne ne voulait le croire.

Ça y est, je suis au paradis.

Mes yeux aveugles brûlent du soleil de ma rue. Le bitume, les murs écroulés, les cratères, le ciel, mon jardin dévasté, tout est blanc.

Les bras qui m'ont soulevée recouvrent mes épaules d'une couverture râpeuse. Je regarde mes souliers gris de poussière et mes maigres jambes couvertes de boue et de lambeaux de papier journal qui ballottent au rythme des pas. C'est comme si elles ne m'appartenaient plus.

Le froid mord mes joues, les larmes d'Andy mouillent mon cou, les mains d'Andy sont rassurantes. Il avait raison quand il disait qu'on allait se retrouver au paradis. Je lui demande où est Mutti et il me répond qu'on n'est pas au paradis, qu'au-dessus de moi il y a le ciel, le vrai et qu'il a neigé ce matin. Et dans ses sanglots, je comprends.

Alors enfin, je pleure la mort de ma mère.

À travers mes larmes, je discerne peu à peu l'éclat d'argent du casque des sauveteurs, l'uniforme de soldats que je n'ai jamais vus, le visage de M. Colson, je reconnais ses souliers fossoyeurs mais je me tais, les lèvres liées par les pattes de ma tic-tac, tout ça n'a plus d'importance. J'ai retrouvé le visage d'Andy, lui, je ne l'avais pas oublié.

Tandis qu'on m'emporte sur une civière, je tourne la tête vers le bas de ma rue, éclaboussée de lumière. Elle est comme je n'osais plus la rêver.

Mon père est là, à quelques pas.

Note de l'auteur

De juin 1944 à mars 1945, les bombardements américains, quasi incessants au-dessus du département de la Moselle, ont rasé presque entièrement de nombreux villages et durement touché les populations civiles.

Certains habitants ont été extraits des ruines de leur maison, vivants, après avoir passé plusieurs jours sous les décombres.

Nathalie Hug
dans Le Livre de Poche

L'Enfant-rien n° 32496

Adrien guette chaque semaine l'arrivée du père de sa demi-sœur, dans l'espoir de recueillir un regard, une parole ou un geste tendre. S'il rêve d'un papa, Adrien veut surtout percer le secret de sa naissance.

Nathalie Hug et Jérôme Camut dans Le Livre de Poche

3 fois plus loin n° 31921

Nina Scott dirige une équipe de cueilleurs d'essences rares pour l'industrie américaine, dans une région contrôlée par les braconniers et les trafiquants de drogue. Elle découvre les vestiges d'un site, où les singes sont silencieux et où les arbres dissimulent des charniers.

Les Éveillés n° 31719

Infirmière dans un centre pour polytraumatisés, Élise souffre d'insomnie. Dans le service, on raconte qu'elle a le don de réveiller les comateux. Cela semble impossible… et pourtant ! Qui sont les éveillés, dont les origines semblent remonter à la nuit des temps ?

Les Murs de sang n° 33016

Jack van Bogaert coule des jours paisibles sur une petite île paradisiaque. Un bonheur inespéré auquel s'ajoutent des retrouvailles avec Lucie, sa fille, dont la mère vient de mourir et qu'il est venu récupérer en Suisse. Survient un accident de voiture et tout bascule.

Les Yeux d'Harry n° 32153

Inde, État du Kerala. Jan Craven tombe dans un trou masqué par des branchages. Un être hirsute, au langage incompréhensible, surgit et repart sans l'aider. Sorti d'affaire des heures plus tard, Jan retrouve la trace d'Harry, qui vit dans les arbres.

LES VOIES DE L'OMBRE

1. *Prédation* n° 37255

Un cadavre est découvert dans une friche industrielle. Un homme se tire une balle dans un centre commercial bondé. Un jeune père, dressé comme un chien, est tourmenté sans relâche au fond d'un cachot sans porte ni fenêtre. Aucune piste, aucun lien, aucun mobile… Qui sont ces hommes ?

2. *Stigmate* n° 37287

Quand les victimes d'un monstre fascinant et obscène se lancent sur les traces du prédateur qui a dévasté leur vie, elles ignorent qu'elles n'auront pour seules issues que la fuite, la mort ou… les voies de l'ombre.

3. *Instinct* n° 31380

Et s'il suffisait de vingt-cinq tueurs pour plonger la France dans le chaos ? Une meute sans visage dressée par un pervers de génie pour frapper ses cibles avec une perfection terrifiante… Et s'il suffisait d'un seul homme ?

4. *Rémanence* n° 32544

Comment grandir quand on a connu l'horreur ? Quinze ans auparavant, deux enfants s'échappaient des geôles du plus dangereux des criminels. Ils sont aujourd'hui adultes, mais le vernis de leur existence se fissure.

Les Voies de l'ombre (Majuscules)

Prédation, *Stigmate*, *Instinct* et *Rémanence* en un seul volume.

Du même auteur
aux éditions Calmann-Lévy :

L'ENFANT-RIEN, 2011.
1, RUE DES PETITS PAS, 2014.

www.nathaliehug.com

PAPIER À BASE DE
FIBRES CERTIFIÉES

Le Livre de Poche s'engage pour
l'environnement en réduisant
l'empreinte carbone de ses livres.
Celle de cet exemplaire est de :
200 g éq. CO_2
Rendez-vous sur
www.livredepoche-durable.fr

Composition réalisée par FACOMPO (Lisieux)

Achevé d'imprimer en janvier 2014 en France par
CPI – BRODARD ET TAUPIN
La Flèche (Sarthe)
N° d'impression : 3003518
Dépôt légal 1re publication : février 2014
LIBRAIRIE GÉNÉRALE FRANÇAISE
31, rue de Fleurus – 75278 Paris Cedex 06

31/7497/6